Hamburger Geschichte(n)

Hermann Gutmann

Hamburger Geschichte(n)

oder:

Was uns die Bibel verschweigt

Edition Temmen

Die Deutsche Bibliothek verzeichnet diese Publikation
in der Deutschen Nationalbibliografie; detaillierte bibliografische
Daten sind im Internet unter http://dnb.ddb.de abrufbar.

Titelillustration: Peter Fischer

1. Auflage 2005

28209 Bremen - Hohenlohestr. 21
Tel. 0421-34843-0 - Fax 0421-348094
info@edition-temmen.de
www.edition-temmen.de

Herstellung: Edition Temmen

ISBN 3-86108-198-9

Inhalt

Was die Bibel uns verschweigt

»Und Gott segnete Noah und seine Söhne und sprach: Seid fruchtbar und mehret euch und füllet die Erde.« (1. Buch Mose, Kapitel 9, Vers 1)

Mit diesen Worten wurde sozusagen der Grundstein der guten Stadt Hamburg gelegt.

Es fing damit an, dass Noah vom lieben Gott beauftragt worden war, ein Schiff mit drei Decks zu bauen, »eines unten, das zweite in der Mitte, das dritte oben« (1. Mose, Kapitel 6, Vers 16). Das Schiff war als kombiniertes Passagier- und Frachtschiff gedacht mit »Kammern darin«, die allerdings unterschiedlich groß waren. Warum – das wird in einem der nächsten Absätze erzählt.

Dieses Passagierschiff sollte eine Länge von 300 Ellen haben. Das sind etwa 210 Meter, wenn man die Hamburger Elle aus dem 19. Jahrhundert zu Grunde legt.

Auf dieses Schiff, das der liebe Gott nach Auskunft der Bibel als einen »Kasten« bezeichnete – er hatte wohl schon die Passagierschiffe und Autotransporter unsere Zeit vor Augen – und das wir »Arche« nennen, sollten sich Noah, seine Söhne und deren Frauen einschiffen.

Außerdem sollten sie – wie Sie vielleicht aus der biblischen Geschichte wissen – von jedem Getier ein Pärchen als Passagiere mitnehmen. Die Tiere waren, wie das auch heute noch ist, nicht alle gleich groß.

Ein Mausepaar braucht naturgemäß eine kleinere Kammer als ein Elefantenpaar - daher die unterschiedlich großen Kammern.

Außerdem brauchte man natürlich Platz, nämlich Lagerraum, für Konserven aller Art. Denn das war auch in biblischen Zeiten nicht anders als heute. Essen und Trinken halten bei Mensch und Tier Leib und Seele zusammen.

Doch zurück zu Noah und seinen Söhnen, die - wie die Bibel berichtet - Sem, Ham und Jafet hießen.

Und damit kommen wir zu unserer Geschichte.

Noah, die Söhne, deren Frauen und all das Getier befanden sich eben an Bord, da setzte die Sündflut ein, die alles Leben auf Erden vernichtete - nur eben nicht die Seefahrer mit ihren Passagieren.

Nach 47 Tagen endete die Flut. Noah und seine Besatzung verließen das Schiff und schickten sich an, den Wunsch Gottes zu erfüllen - fruchtbar zu sein und sich zu vermehren, was ihnen denn ja auch gründlich gelungen ist.

Einer der drei Söhne aber, nämlich Ham, war während der Reise zu einem richtigen Seebären geworden. Seekrankheit war im fremd. Er fühlte sich auf dem Schiff zu Hause und schlug seiner Frau vor, noch eine größere Reise zu machen und vielleicht eine neue Heimat zu finden.

Hams Frau war einverstanden.

Ham lichtete den Anker, und die beiden schipperten um die Welt. Ham als Kapitän, Hams Frau als Steuermann - und nach Bedarf als Leichtmatrose oder als Smutje.

Dabei geriet das biblische Ehepaar in die Unterelbe. Sie fuhren Elbe aufwärts, und das Land rechts und links gefiel ihnen - wie Sie sich vorstellen können - besonders gut. Sie brauchen ja nur an Blankenese zu denken. Da geht Ihnen doch das Herz auf.

Sehen Sie, und genauso erging es Ham und seiner Frau.

Die Hams konnten angesichts der Elbufer einfach nicht widerstehen. Sie gingen an Land und bauten auf der Höhe der Uferberge eine Burg, die sie logischer Weise nach dem Kapitän nannten, nämlich »Hamburg«.

Damit ist Hamburg, das können Sie drehen und wenden, wie Sie wollen, eine der ältesten Städte der Welt - wenn nicht sogar die älteste.

Es ist bedauerlich, dass uns die Bibel diese für uns so wichtige Tatsache verschweigt.

So ist denn eine Sage daraus geworden. Aber wir wissen ja, dass in jeder Sage ein wahrer Kern steckt.

Unter Erzbischof Ansgar wurden Hamburg und Bremen vereinigt

Von einer politischen Vereinigung der beiden Städte Hamburg und Bremen konnte nie die Rede sein. Man hat - wie es sich jeweils ergab - politisch und wirtschaftlich miteinander, manchmal auch gegeneinander gearbeitet. Im Übrigen hat man gute Nachbarschaft gehalten, mit allem, was zu einer guten Nachbarschaft gehört einschließlich spöttischer Bemerkungen.

Eine Bremisch-Hamburgische Vereinigung aber hat einen Platz in der Kirchengeschichte. Und damit können die Hamburger wie die Bremer recht gut leben.

Es begann damit, dass der junge Mönch Ansgar (geboren 801 in Corbie/Nordfrankreich, gestorben am 3. Februar 865 in Bremen), von seinen Vorgesetzten nach Skandinavien abgeordnet wurde, um die dort lebenden Heiden zu bekehren.

Diese Mission gelang ihm allerdings nur bedingt, weil zu jener Zeit in Nord- und Nordwestdeutschland die heidnischen Götter nach wie vor eine heimliche Regentschaft ausübten.

Immerhin säte Ansgar, dessen Name im althochdeutschen »Gott schützt« bedeutet, in Skandinavien christliches Gedankengut, was letztlich - wenn auch erst mit erheblicher Verspätung - recht gute Früchte trug. Immerhin brachte ihm dies den Beinamen »Apostel des Nordens« und einen bevorzugten Platz in der katholischen Kirchengeschichte ein.

Inzwischen hatten sich die Christen links und rechts der Elbe eingenistet und die Hammaburg erbaut, die sie nach einem Buchenwald am Oberlauf der Bille benannten. Der Wald hieß Hamme und das Ganze soll so um das Jahr 801 passiert sein.

Erwähnt wird die Hammaburg nicht vor 832. Damals wirkte Ansgar bereits in Hamburg - und zwar als Missionar über ein Gebiet, das 832 von Papst Gregor IV. zum Missionserzbistum erhoben wurde, mit Ansgar als Erzbischof.

Soweit wäre es auch alles in Ordnung gewesen, wenn nicht die Wikinger quer geschossen hätten. Sie fuhren, Beute heischend, im Jahre 845 mit ihren schnellen Schiffen Elbe aufwärts, entdeckten die Hammaburg und griffen sie an.

Das Ende der Burg ist rasch erzählt. Sie wurde von den Heiden umringt, und Ansgar erkannte, dass er zu ihrer Verteidigung außerstande war.

Ansgars Nachfolger im Amt, der Erzbischof Rimbert schrieb in dem Buch »Ansgars Leben«: »Er sann nur noch auf Rettung der ihm anvertrauten heiligen Reliquien, seine Geistlichen zerstreuten sich auf der Flucht nach allen Seiten, er selbst entrann ohne Kutte nur mit größter Mühe. Auch die Bevölkerung, die aus der Burg entrinnen konnte, irrte flüchtend umher; die meisten entkamen, einige wurden gefangen, sehr viele erschlagen.«

Die Wikinger plünderten die Hammaburg und verschwanden, nachdem sie die Burg in ein Flammenmeer verwandelt hatten. Das war der erste große Brand, der Hamburg an den Rand des Ruins trieb - es sollte nicht der letzte geblieben sein.

Ansgar hatte, alles Irdische preisgebend, nur sein nacktes Leben und die teuersten Reliquien gerettet. Auf Umwegen erreichte er die Elbe und charterte einen Fischerkahn, der ihn ans westliche Ufer brachte.

Ansgars Leben kam nach diesen Vorfällen ein bisschen ins Schleudern, aber die fromme Edelfrau Ida aus Bardengau im Lüneburgischen war bereit zu helfen. Sie nahm den frommen Mann gastlich auf und schenkte ihm das Gut Ramsola unweit von Harburg. Dort hätte er recht gut leben können, zumal er keine großen Ansprüche stellte. Er trank nur Wasser und aß rohes Gemüse.

Kurz darauf starb der Bremer Bischof Leuderich, der sich über Ansgar, seine Frömmigkeit, seine Kenntnisse und seine Blitzkarriere geärgert und sich über seinen Absturz möglicherweise so über die Maßen gefreut hatte, dass ihn darüber der Schlag traf.

Der Kirchenchronist Adam von Bremen sagt das zwar nicht so direkt, aber man kann es, wenn man will, zwischen seinen Zeilen lesen. Zeilen, die durch mehrere Übersetzungen auch nicht mehr die geradesten sind.

Die Mainzer Kirchen-Versammlung übertrug daraufhin das Bistum Bremen dem frommen Ansgar. Und weil man nun den verdienstvollen Erzbischof nicht zurückstufen konnte, wurde Bremen zum Erzbistum - das aber erst zusammen mit Hamburg im Jahre 864.

Ansgar wurde damit Erzbischof von Hamburg und Bremen - mit Sitz in Bremen. Hamburg war durch die Nachbarschaft zu den Wikingern ein etwas glietschiges und im Übrigen trostloses Pflaster geworden.

Auf diese Weise verödete der Erzsitz Hamburg fast völlig, obwohl Ansgar später versuchte, die Hammaburg wieder aufzubauen. Das hinderte ihn aber nicht daran, im sicheren Bremen zu bleiben.

So wurde denn auf höchsten Beschluss die Bremer Kirche mit dem Hamburger Erzbistum vereinigt. Die beiden Diözesen Hamburg und Bremen »sollen fortan nicht mehr zwei, sondern eine sein«, wie es Rimbert in seinem bereits erwähnten Buch formuliert, natürlich auf Latein.

Ansgar ist später in Skandinavien und in Norddeutschland als Heiliger verehrt worden. Gedenktag ist der 3. Februar.

Und sicherlich war er ein Heiliger. Er war an Milde, Demut, Mäßigkeit und Reinheit kaum zu übertreffen. Vor allem aber war er wohltätig, so dass sein Nachfolger im Amt, der Erzbischof Rimbert, von ihm sagen konnte: »Er war des Blinden Auge, des Lahmen Fuß, der Witwen und Waisen Vater.«

Die Verbindung zwischen Hamburg und Bremen mit Sitz in Bremen hat Jahrhunderte gehalten. Jedenfalls aus kirchlicher Sicht.

»Wat geiht mi de Papst an ...«

Einmal in der Geschichte ist Hamburg Sitz eines Papstes gewesen, wenn auch eines abgesetzten.

Im Jahre 964 starb in Rom der Papst Johannes XII. (955–964), was in der Politik zu kleinen Misshelligkeiten führte. Denn Kaiser Otto der Große (912–973) war ein mächtiger Herrscher, der vor dem Tode Johannes bereits Leo VIII. zum Papst ernannt hatte – und dies obwohl Johannes Otto 962 zum Kaiser gekrönt hatte. Doch Johannes nahm hinterher eine kaiserfeindiche Haltung an.

Die Römer aber ließen den kaiserlichen Papst nicht nach Rom, denn er gefiel ihnen nicht. Stattdessen wählten sie nach Johannes Tod einen Gegenpapst, der sich Benedikt V. nannte.

Weil aber Benedikt nicht unter der Achtung der damals anerkannten kaiserlichen Mitbeteiligung gewählt worden war, wurde er von Otto abgesetzt. Der Kaiser degradierte ihn zum Diakon, was ja nun in der katholischen Hierarchie weniger ist als ein einfacher Priester, und schickte ihn mit seinem treuen Kanzler, dem Erzbischof Adaldag von Hamburg und Bremen, in den kühlen Norden – und zwar nach Hamburg.

Adaldag war ein höflicher Mann. Er erwies dem abgesetzten Papst alle Ehren, was auch in Ordnung war. Denn Benedikt soll ein frommer, gelehrter und überaus freundlicher Herr gewesen sein.

Adaldag und Benedikt verstanden sich jedenfalls sehr gut, und Benedikt hätte sich in Hamburg recht wohl fühlen können, wenn ihm das Wetter nicht einen Strich durch die Rechnung gemacht hätte.

Das Wetter in Hamburg war eigentlich wie immer. Doch eben daran konnte sich der Italiener Benedikt nicht gewöhnen. Er fror wie ein Schneider, litt alle naselang unter Erkältungen, und weil er sowieso traurig war über seine Degradierung und die Versetzung von Rom nach Hamburg, wurde er krank und starb am 13. Juli 966.

Das Datum ist zwar nicht verbürgt. Aber gestorben ist er.

Die Hamburger, die den Papst außer Diensten recht gut leiden mochten und auch seine Gottesdienste besucht hatten, trauerten noch eine Weile hinter ihrem hohen Gast her, nachdem sie ihn in ihrem Dom beigesetzt hatten.

Doch im Jahre 999 ließ Kaiser Otto III. die Gebeine des Gegenpapstes Benedikt nach Rom überführen.

Daraufhin erhielt der Papst in Hamburg ein »Ehrengrab« in Form eines Denkmals, das erst 1782 bei Umbauarbeiten im Dom geschleift worden ist.

Zu dieser Zeit war Papst Benedikt im Hamburg ohnehin längst vergessen - wie das eben so ist.

Denn im 17. Jahrhundert, Hamburg war längst gut lutherisch, kam ein Fremder in die Stadt, der sich die Sehenswürdigkeiten Hamburgs angucken wollte - unter anderem das Denkmal des Papstes Benedikt V.

Er sprach auf der Straße einen Kaufmann an und bat ihn, ihm den Weg zu dem Denkmal des Papstes zu zeigen.

Der Kaufmann guckte etwas irritiert und wusste im ersten Augenblick gar nicht, um was es ging.

»Denkmal des Papstes?«, fragte er.

»Ja, Benedikt V.«, half ihm der Fremde auf die Sprünge.

Der Hamburger Kaufmann konnte sich nicht erinnern.

Schließlich meinte er unwirsch, indem er sich zum Gehen anschickte: »Wat geiht mi de Papst an. Ick gah na de Börs!«

Wie Hamburg zu seinem Wappen kam

Erzbischof Bezelin, der – wie es in alten Schriften heißt – »Hamburg lieb hatte«, war Weihnachten 1035 in sein Amt als Erzbischof von Hamburg und Bremen eingeführt worden.

Bezelin, der den Beinamen Adalbrand führte, war ein an sich netter Herr, der auch gern aß und trank, was ihm in Hamburg eine gute Presse sicherte.

Seinen Mitarbeitern genehmigte er Weißbrot, was bis dahin unüblich gewesen war. Das nahrhafte Schwarzbrot galt als gottgefällig. Am Sonntag aber durften Bezelins Mitarbeiter eine doppelte Portion Met trinken, wobei wir nicht genau wissen, was damals eine einfache Portion war.

Bezelin selbst war ein Weinliebhaber.

Allerdings ging er mit seiner Gesundheit etwas leichtsinnig um.

Sie müssen sich das mal vorstellen, im März 1043 unternahm er eine Dienstreise nach Osterholz-Scharmbeck nahe Bremen, wo er wahrscheinlich das Kloster besuchen wollte.

Anschließend ging er barfuß nach Bremen zurück.

Das war damals eine Tagesreise – und dann barfuß, und obendrein im März, wo der Boden noch kalt ist – jedenfalls traf das für den März des Jahres 1043 zu.

Diese Tortur, darüber braucht man sich nicht zu wundern, ist dem Erzbischof nicht gut bekommen.

Bezelin erkältete sich, legte sich ins Bett und starb.

Als die Hamburger davon erfuhren waren sie sehr traurig.

Immerhin hatte er ihnen eine feste Burg geschenkt, in die sie sich zurückziehen konnten, wenn die bösen Normannen mal wieder Appetit auf Hamburger Rote Grütze hatten und beiläufig mitgehen ließen, was nicht niet- und nagelfest war, darunter auch die schönsten Frauen.

Bezelin hatte also in Hamburg die Wiedenburg gebaut, ungefähr dort, wo sich heute Schopenstehl und Kleine Reichenstraße befinden.

Die Burg hatte drei Tore mit festen Türmen darüber oder daneben, und eben diese drei Türme bildeten später das Hamburger Stadtwappen. Das gilt heutzutage als Symbol für das Tor zur Welt, was ja auch nicht verkehrt ist.

Seeleute allerdings, vor allem die aus Bremen, haben eine etwas anrüchige Einstellung zum Wappen von Hamburg, allerdings auch zu dem von Bremen.

Bremen trägt den Schlüssel des heiligen Petrus im Wappen, dem aber in Bremen längst eine profane Bedeutung als Schlüssel zur Welt zugewiesen worden ist.

Und was sagen die Seeleute in ihrer direkten Art zum Hamburger Tor und dem Bremer Schlüssel?

Sie sagen: »Hamburg hat dat Schiethuus, und die Bremern haben den Slödel (den Schlüssel) dato.«

Die Hamburger nehmen das gelassen. Sie sagen:

»Wenn du nötig musst, kannst du in der Not die Tür zum rettenden Schiethuus aufbrechen. Aber was machst du, wenn du den Schlüssel hast, doch das Schiethuus ist weit weg.«

Der Hamburger Hafen steht auf wackeligen Beinen

Man sollte das eigentlich gar nicht für möglich halten, aber – der Hamburger Hafen, der weitaus größte Hafen Deutschlands und einer der bedeutendsten in Europa, steht, korrekt gesehen, auf sehr wakkeligen Beinen.

Sie müssen sich das mal vorstellen:

Am Heiligabend des Jahres 1190 kehrte Graf Adolf III. von Schauenburg, der von 1164 bis 1203 in Hamburg regierte, aus dem Heiligen Land, wo er zu Ehren Gottes an dem dritten Kreuzzug teilgenommen hatte, nach Hamburg zurück.

Alle Hamburger freuten sich, denn es hieß, der Graf habe auf seiner Reise, und zwar gleich zu Beginn, Station in Neuburg an der Donau gemacht, nämlich am 7. Mai 1189. Und bei dieser Gelegenheit hatte er von Kaiser Friedrich I. Barbarossa einen Freibrief für die gute Stadt Hamburg erwirkt.

Aus diesem Freibrief ging unter anderem und kurz gesagt hervor, dass der Kaiser nichts gegen die Gründung des Hamburger Hafens hatte.

Barbarossa, so stand's in dem Freibrief, gewährte den Hamburgern freie Schifffahrt bis zur Elbmündung, freien Handelsverkehr und Zollfreiheit auf der Niederelbe bis an die Nordsee. Außerdem gewährte er freien Fischfang zwei Meilen beiderseits der Stadt und eine Meile die Bille hinauf. Von der Wehrhoheit, die der Kaiser Hamburg gewährte, ganz zu schweigen.

Als nun aber Graf Adolf III. von Schauenburg den Hamburgern die entsprechende kaiserliche Urkunde zeigen wollte, begann er verlegen in seinen Taschen zu wühlen. Er druckste herum und stotterte, dass er die Urkunde noch unlängst gesehen habe. Aber jetzt sei sie weg.

Schließlich rückte er mit dem Geständnis heraus, dass er das Dokument leider im Heiligen Land verloren habe. Wo, das wisse er nicht. Es sei sowieso alles drunter und drüber gegangen. »Tut mir leid, Jungs. Die Urkunde ist verschwunden!«

Und das kann schließlich jedem passieren.

Aber, so versicherte der Graf, ausgestellt worden sei die Urkunde, unterschrieben sei sie auch. Das könne er bezeugen, und das könnte auch Kaiser Friedrich Barbarossa bestätigen, wenn er noch lebte.

Unglücklicherweise war der Kaiser aber im Flusse Saleph in Kleinasien beim Baden ertrunken. Und im Kyffhäuser war er noch nicht angekommen.

Nun steht also tatsächlich die Frage im Raum, ob der Hamburger Hafen berechtigt ist, überhaupt zu existieren.

Es könnte doch sein, dass Graf Adolf III. die ganze Urkunden-Geschichte in Neuburg an der Donau erfunden hat.

Die Menschen waren damals nicht ehrlicher als heute. Und wenn man nur die richtigen und überzeugenden Worte fand, konnte man behaupten, was man wollte und was im Grunde auch gar nicht zu beweisen war.

Und wenn man die richtigen Worte nicht fand, machte man es wie der Hamburger Rat. Der ließ nämlich die Barbarossa-Urkunde im Jahre 1265 fälschen, sie mit dem Datum vom 7. Mai 1189 versehen, und legte sie ins Staatsarchiv – für kommende Historiker und für den Fremdenverkehr.

Es ist also völlig klar, dass der Hamburger Hafen auf wackeligen Beinen steht.

Die Hamburger aber sehen das ganz pragmatisch.

Der Hafen ist nun einmal da, und im Übrigen ist er erfolgreich.

Ob er urkundlich existiert oder nicht, ob Kaiser Friedrich Barbarossa ihn genehmigt hat, ob er die Genehmigung ins Auge gefasst hat oder nicht, oder ob er von der ganzen Geschichte gar nichts wusste – das ist den Hamburgern »schiet egal«, wenn man das einmal so sagen darf.

In jedem Jahr im Mai jedenfalls wird die Gründung des Hamburger Hafens gefeiert, und Seeleute und Binnenländer aus aller Welt feiern mit.

Kenner der Geschichte des Hamburger Hafens wissen ohnehin, dass es einen Hamburger Hafen schon im 9. Jahrhundert gab. Da war selbst Kaiser Friedrich Barbarossa noch gar nicht geplant.

Nun gut, es war kein bedeutender Hafen. Es war eine kleine Schiffsanlegestelle, mehr nicht. Aber auch nicht weniger. Diese Anlegestelle befand sich südlich der Hammaburg am Reichenstraßenfleet.

Und weil nun die Kenner der Geschichte des Hamburger Hafens nicht so genau wissen, in welchem Monat welchen Jahres die Schiffsanlegestelle gegründet worden ist, feiern auch sie im Mai einfach mit.

Als die Braumägde den Brauknechten den Kopf waschen mussten

Damals, als das vormalige Rödingsmarktfleet noch der Stadtgraben war – Sie werden sich nicht erinnern können, denn das war so um das Jahr 1300 – wurde die Stadt Hamburg von Bauern aus der Umgebung überfallen.

Fragen Sie mich nicht, warum die Bauern plötzlich einen Rappel bekamen, jedenfalls standen sie mit Dreschflegeln und Mistforken vor dem Millerntor, erstürmten die Stadtmauern und drangen mit wüstem Gebrüll in die Stadt ein.

Die Hamburger aber standen ganz verdattert vor ihren Häusern, weil sie mit diesem Angriff ihrer Nachbarn, die sie ja zum Teil auch vom Markt her kannten, nicht gerechnet hatten.

In dieser heiklen Situation behielten die Brauknechte, junge und kräftige Hamburger Burschen, einen klaren Kopf. Zumal sie bei dieser Gelegenheit mal wieder die Chance erhielten, kräftig zu raufen. Denn Raufen machte ihnen Spaß.

Sie warfen sich den Bauern mit Knitteln und Fäusten entgegen, begannen mit ihren gewaltigen Pranken auf die Bauern einzudreschen und schrieen ihnen immer wieder entgegen: »Buur stah!« Bauer, bleib stehen! Und so ist nach einer Spökenkiekerei die Straße Großer Burstah entstanden.

Jetzt waren die Bauern baff. Sie blieben tatsächlich stehen, was aber ein Fehler war. Besser wäre es für sie gewesen, ganz schnell wegzulaufen. Doch so oder so, die Bauern mussten gewaltige Ohrfeigen einstecken, und wer es noch konnte, machte eine Fliege.

So haben denn die Hamburger Brauknechte ihre Stadt gerettet und sind vom Rat der Stadt mit vielen Privilegien belohnt worden. Unter anderem durften sie alle zwei Jahre ein Fest feiern, welches sie ihre »Höge« nannten.

Nun waren aber während des Kampfes gegen die Bauern nicht nur die Bauern, sondern auch einige der Brauknechte arg gerupft worden - und manch einer von ihnen kehrte am Ende der Schlacht mit blutigem Kopf an seine kupferne Braupfanne zurück.

Daraufhin geboten die Brauer den Braumägden, dass sie den braven Vaterlandsverteidigern den Kopf waschen sollten - und zwar buchstäblich.

Die Mädchen zierten sich nicht lange, wuschen den Burschen die Köpfe und verbanden ihre Wunden.

Seitdem war das um die Stirn gewundene Verbandtüchlein ihre Ehrenkrone gleich einem Lorbeerkranz.

Das Kopfwaschen aber wurde zu einem Brauch.

Fortan wuschen die Mädchen den Brauknechten nach dem Tagewerk den Kopf, und aus dieser Kopfwäsche ist so manche Liebesbeziehung entstanden - und wohin so etwas führen kann, ist ja bekannt: Nämlich zu einer gehörigen Kopfwäsche von Zeit zu Zeit und bei passender Gelegenheit.

Eulenspiegel verdingte sich in Hamburg bei einem Barbier, was diesem schlecht bekam

Nachdem Eulenspiegel dem Erzbischof in Bremen, der ihm an sich wohl gesonnen war, übel mitgespielt hatte, machte er sich auf den Weg nach Hamburg, wo er bisher noch nie gewesen war. Denn er fürchtete, die Hamburger seien ihm über.

Eulenspiegel guckte sich in der Stadt alle Sehenswürdigkeiten genau an und erreichte den Hopfenmarkt, wo er von einem Barbier angesprochen wurde.

»Was bist du für ein Handwerksgeselle?«, fragte der Barbier.

Eulenspiegel antwortete: »Ich bin, kurz gesagt, ein Barbier!«

Da freute sich der Barbier, weil er einen guten Mitarbeiter brauchte.

Die beiden wurden schnell einig, und der Meister sagte: »Mein Haus und meine Barbierstube befinden sich gleich hier am Hopfenmarkt.«

Er zeigte Eulenspiegel das Haus.

Der Barbier sagte: »Es ist das Haus, das die hohen Fenster hat, die bis auf die Straße reichen. Dort gehe hinein. Ich komme gleich nach.«

Eulenspiegel ging geradeswegs zu dem Haus und durch die hohen Fenster hinein, natürlich ohne sie zu öffnen.

Er rief »Gott zur Ehr! Gott grüße das Handwerk!«

Die Frau das Barbiers saß in der Stube und spann. Sie erschrak ob des scheppernden Lärms und zürnte: »Dich führt wohl der Teufel ins Haus! Warum kommst du durch die Fenster. Ist dir die Tür nicht weit genug?«

Eulenspiegel sagte: »Liebe Frau, zürnt mir nicht. Euer Ehemann hat mich das geheißen. Er hat mich gedingt als Geselle.«

Die Frau ließ sich aber nicht so leicht beruhigen. Sie zeterte und schimpfte: »Das ist mir ein getreuer Geselle, der seinem Meister Schaden tut.«

Eulenspiegel ließ sich nicht aus der Ruhe bringen.

»Liebe Frau«, sagte er, »soll nicht ein Geselle tun, was sein Meister ihn heißet?«

Derweil kam der Meister. Er hörte und sah, was Eulenspiegel angestellt hatte und fing nun auch zu zürnen an. »Konntest du nicht zur Tür hineingehen, wie andere Leute auch?«, fragte er. »Welchen Grund hast du gehabt, dass du mir durch die Fenster hereingekommen bist?«

Eulenspiegel antwortete: »Lieber Meister, Ihr hießet mich, da hineinzugehen, wo die hohen Fenster seien. Und das habe ich getan.«

Der Meister schwieg still, zumal er den Gesellen brauchte. Er dachte: »Ich werde ihm den Schaden vom Lohn abziehen.«

Am nächsten Tag ließ der Meister Eulenspiegel die Rasiermesser schleifen.

Eulenspiegel sagte: »Gern, Meister!«

Der Meister zeigte ihm, wie er das Messer beim Schleifen halten sollte, nämlich Rücken und Schneide nahezu parallel zum Schleifstein. Er drückte sich aber ein bisschen unglücklich aus.

Er sagte: »Schleife sie glatt auf dem Rücken gleich der Schneide.«

Eulenspiegel sagte: »Ja!«

Er begann, den Schermessern die Rücken ebenso zu schleifen wie den Schneiden.

Der Meister kam, um sich von dem Verlauf der Arbeit zu überzeugen. Da sah er, dass bei dem Messer, die Eulenspiegel geschliffen hatte, der Rücken ebenso wie die Schneide war.

Dem Meister standen die Haare zu Berge. »Was machst du für einen Blödsinn?«, schimpfte er.

Eulenspiegel sagte: »Ich tue das, was du mir befohlen hast.«

Der Meister aber rief: »Hör auf zu Schleifen und verschwinde und gehe wieder hin, wo du hergekommen bist!«

Eulenspiegel sagte: »Ja!«

Er ging in die Stube und sprang zum nächst besten Fenster hinaus.

Da klirrte es wieder fürchterlich.

Der Meister ließ nun aber den Büttel kommen, damit er den Schalk fangen sollte.

Aber der Büttel war zu langsam. Eulenspiegel konnte schneller laufen.

Er sprang auf ein Schiff, das gerade ablegte und Kurs auf die Nordsee nahm.

Vorsichtshalber ist Eulenspiegel aber nie wieder nach Hamburg gekommen.

Vielleicht liegt Roland im Schlamm eines zugeschütteten Fleets

Vermutlich stand in Hamburg - ja, ja liebe Bremer - das allererste Rolandstandbild. Das weiß man heute aber nicht mehr so ganz genau. Außerdem ist der Roland von Hamburg gar nicht mehr da - was allerdings den Hamburgern im Grunde genommen ziemlich gleichgültig ist.

Es wird angenommen, dass im Jahre 1264 ein Roland aufgerichtet wurde - und zwar auf dem Platz, wo das Einbeck'sche Haus stand, ein früheres Rathaus der Stadt, das seinen Namen nach dem Einbecker Bier trägt.

Warum man ausgerechnet auf das Einbecker Bier als Namenspatron gekommen ist, kann nur noch vermutet werden. Wahrscheinlich war es der Hamburger Humor, der zu solchen Namensgebungen führte. Der Name Rathaus war den Hamburgern möglicherweise zu langweilig. Auch soll der Pächter der im Hause befindlichen Bierstube eine Ausschankkonzession für Einbecker Bier besessen haben.

Doch zurück zum Roland.

Es gibt eine Geschichte, in der das Ende des Hamburger Rolands geschildert wird. Sie hängt zusammen mit Kaiser Karl IV., der von 1316 bis 1378 lebte und seit 1355 Kaiser war.

Das Rolandstandbild war nach Ansicht der Hamburger die symbolische Darstellung des Kaisers.

Der Roland war Gerichtsstätte, zugleich aber auch Symbol einer freien und nur dem Kaiser unterstellten Stadt.

1368 hielt sich Kaiser Karl IV. in Tangermünde oder in Lübeck auf. Der genaue Ort spielt in diesem Fall keine Rolle.

Jedenfalls zogen die Grafen von Holstein zu ihm, um durch sein Machtwort die landesherrlichen Rechte über Hamburg zurück zu erhalten, auf welche ihr Vorfahr, Adolf IV., großzügig verzichtet hatte.

Die Grafen von Holstein meinten, dass dieser Verzicht ihres Großvaters anders zu verstehen sei, als ihn die Hamburger auslegten. Sie meinten, der Kaiser brauche nur auf seine Rechte über Hamburg zu verzichten, und schon gehöre die Stadt wieder ihnen.

Der Kaiser geriet jedoch in Verlegenheit. Er mochte die Holsteiner recht gern, die Hamburger aber auch, und wie das in solchen Fällen so ist, er stotterte herum, sagte heute dies und morgen jenes, und am Ende wusste keiner, was er gemeint hatte.

Darüber waren die Hamburger so sauer, dass sie den Roland, das Symbol des Kaisers, kurzerhand vom Sockel kippten. Und weil er auf einer Brücke stand, fiel er ins Fleet. Damit war er weg.

Ob dies nun wirklich im Jahre 1368 geschehen ist, liegt im Dunkel der Geschichte. Ebenso wie die Behauptung, dass der hamburgisch-bremische Erzbischof Albert II. im Jahre 1366 den Bremer Roland, der damals aus Holz war, umgestürzt und verbrannt habe.

Was nun den Hamburger Roland betrifft, da schreiben einige Autoren, dass er im Jahre 1375 und 1385 neue Farbe bekommen habe. Andere sagen, dass er noch 1389 renoviert worden sei und seelenruhig auf seinem Platz gestanden habe, was ja nun alles nicht möglich gewesen wäre, wenn er zu jener Zeit im Schlamm eines inzwischen zugeschütteten Fleets gelegen hätte.

Aber irgendwann ist der Roland von Hamburg von der Bildfläche verschwunden. Die Hamburger brauchten ihn auch nicht. Alle Rechte, die sie benötigten, hatten sie ohnehin - mit und ohne Roland. Das einzige, was sie durch alle Jahrhunderte von ihm behielten, war der Straßenname »Rolandsbrücke« - den gibt es noch heute.

In Hamburg kam Störtebeker auf die schiefe Bahn

Na ja, ein Unschuldsengel ist Störtebeker nie gewesen, auch nicht vor seiner Zeit in Hamburg, die Anfang der neunziger Jahre des 14. Jahrhunderts begann. Damals war Störtebeker noch kein Seeräuber.

Doch fangen wir erst einmal von vorne an.

Störtebeker soll, der Sage nach, zu Halsmühlen bei Verden geboren worden sein. Aber man weiß das nicht genau. Viele Städte und Ortschaften an Nord- und Ostsee brüsten sich damit, Geburtsort des Piraten gewesen zu sein.

Störtebeker kam aus gutem Hause, und sein Vater wünschte, dass er in den Dienst der Kirche treten solle, um Gottes Wort zu verkünden. Das war allerdings nicht im Sinne des jungen Mannes.

Als die Kirche die Hand nach ihm ausstreckte, machte er lange Beine. Sein Sinn stand nach einem lustigen Leben, nach Raufereien und Fehden.

Nachdem er sein Vaterhaus, wo immer es gestanden haben mag, verlassen hatte, schlug er sich nach Hamburg durch und begann dort sein Hab und Gut zu verprassen. Er kam, wenn man so will, in Hamburg endgültig auf die schiefe Bahn.

Solange er noch Geld in der Börse hatte, redete ihm keiner dazwischen. Als er aber anfing, Schulden zu machen, die er nicht zurückzahlen konnte, wurden seine Hamburger Freunde zickig. Sie erwirkten, dass er die Stadt verlassen musste.

Daraufhin meldete er sich bei dem Piratenhauptmann Gödeke Michels um sich, bescheiden wie er war, um eine verantwortungsvolle Stelle zu bewerben.

Für Gödeke Michels war er – wie es heißt – kein Unbekannter, denn auch Michels war unweit von Verden, in dem Dorfe Walle, geboren. Er wusste also, dass der junge Mann gewisse Qualitäten hatte, die ein Seeräuber eben brauchte.

Aber an einer Aufnahmeprüfung kam Störtebeker nicht vorbei. Man drückte ihm eine eiserne Kette in die Hand und forderte ihn auf, die Kette zu zerreißen. Störtebeker zerriss die Kette wie einen Bindfaden.

Anschließend musste er einen vollen Becher Wein in einem Zug hinunterstürzen, was ihm ohne weiteres gelang. Ja, als er damit fertig war, forderte er einen neuen und größeren Becher, den er ebenfalls in einem Zug leerte.

Dieses Becherstürzen konnte er täglich unzählige Male wiederholen, ohne dass man ihm auch nur das Geringste angemerkt hätte. So ist der Mann zu seinem Namen gekommen.

Störtebeker stand bald auf Augenhöhe mit Gödeke Michels. Die beiden waren gleichberechtigte Partner in der Führung ihrer Piratenflotte. Gödeke Michels soll allerdings ein bisschen mehr Grips im Kopf gehabt haben.

Sie trieben es in Ost- und Nordsee ziemlich happig, und die Hamburger, die am meisten unter den Seeräubern litten, baten die anderen Seestädte um Hilfe im Kampf gegen die Piraten, die auch gewährt wurde.

Hamburger, Lübecker und Schiffe anderer Hansestädte segelten zur Ems, wobei allein die Hamburger nahezu tausend Mann an Bord hatten, darunter 300 Leute mit neuartigen Armbrüsten.

Es kam zu einer Seeschlacht, in der die Seeräuber nicht besonders gut abschnitten. Einige ihrer Schiffe wurden versenkt. Achtzig Piraten mussten ihr Leben lassen. Die anderen flohen in die ostfriesischen Orte Greetsiel und Marienhafe, wo Störtebeker im Kirchturm eine feste Bleibe hatte.

Die Kirche in Marienhafe mit ihrem dicken Turm steht noch heute. Zwar ist der Turm inzwischen um ein Drittel verkürzt worden. Doch noch heute sind die eisernen Ringe zu sehen, an denen Störtebeker sein Schiff festgemacht hat.

Es deutete sich jedenfalls nach dieser Seeschlacht an, dass es mit der Seeräuberei in der Nordsee abwärts ging.

Doch Michels und Störtebeker gingen den Hansestädtern immer wieder durch die Lappen.

So kam das Jahr 1402.

Die Hamburger Ratsherren Nicolas Schocke und Hinrich Jennefeld, die sich als Flottenchefs schon mehrfach ausgezeichnet hatten, setzten sich an die Spitze einer Hamburger Flotte.

Störtebeker hatte sich inzwischen mit seinen Genossen in den Windschatten der Hochseeinsel Helgoland geflüchtet und war dort in dichtem Nebel vor Anker gegangen, um auf Beute zu warten.

Doch bei Dunkelheit kam die Hamburgische Flotte angefahren, die aber von den Piraten nicht wahrgenommen werden konnte. Der Nebel war zu dick.

Doch plötzlich näherte sich ein kleines Boot mit Fischern aus Blankenese dem Flaggschiff der Piraten, das vermutlich »Sunte Maria tom Schare« hieß oder »Der tolle Hund«.

Die Wache auf dem Schiff hörte das Fischerboot und fragte: Woher und wohin?

»Och«, rief einer der Fischer. »Bei diesem Nebel kann ich nicht zum Fang auslaufen. Da will ich mir eben eine leckere Suppe kochen.«

Dagegen war nichts zu sagen. Die Wache wünschte guten Appetit und kümmerte sich nicht weiter um die Fischer. Die Suppe aber, die die Fischer auf dem Feuer hatten, war reines Blei. Natürlich nicht zum Essen. Das Blei wurde heimlich in das Rohr gegossen, in dem sich bei Fahrt normalerweise das Ruder von Störtebekers Schiff hin und her bewegte.

Doch nach dieser Prozedur saß das Ruder bleiern fest und konnte nicht mehr bewegt werden.

Am nächsten Morgen verzog sich der Nebel, und Störtebeker sah die Hamburger kommen. Er wollte mit seinem Schiff davon segeln. Aber es ließ sich nicht mehr steuern.

Die Hamburger enterten das Piratenschiff. Es kam zu einer furchtbaren Schlacht, die mit einem Desaster der Piraten unter Störtebeker endete.

Störtebeker und der Rest seiner Leute, es waren 83, wurden gefangen genommen und nach Hamburg gebracht. Ihnen wurde der Prozess gemacht, und alle wurden, ohne Ausnahme, zum Tode verurteilt. Sie sollten auf dem Grasbrook enthauptet werden.

Als Störtebeker kurz vor seinem Tode, wie es üblich ist, einen letzten Wunsch äußern durfte, trug er dem Rat vor, man möge ihn, sobald sein Kopf abgeschlagen worden sei, an der Reihe seiner Kumpane entlanglaufen lassen. Alle, an denen er ohne Kopf vorüberspaziere, sollten ihr Leben behalten dürfen und frei sein.

Die Hamburger ließen sich auf diesen Vorschlag ein, weil sie annahmen, dass es einem Mann ohne Kopf unmöglich sei, auch nur einen Schritt zu gehen.

Aber der kopflose Störtebeker begann tatsächlich zu laufen und kam an elf seiner Leute vorbei. Dann erst stoppte ein Henkersknecht den sportlichen Einsatz des Piratenkapitäns. Er warf ihm ein Stück Holz vor die Füße. Störtebeker, der das Holz nicht sehen konnte, strauchelte, fiel hin und blieb tot liegen.

Der Rat hielt sein Wort – die elf Seeräuber konnten gehen.

Aber der Scharfrichter, der Rosenfeld hieß, hatte mit den übrig gebliebenen 72 Seeräubern immer noch genug zu tun.

Am Ende wunderten sich die Ratsherrn über die Leistung des Scharfrichters. Sie fragten ihn, ob er denn nicht müde sei.

Rosenfeld aber meinte, er fühle sich so frisch, dass er wohl noch den ganzen Rat köpfen könne, wenn es darauf ankäme.

Der Rat aber verstand keinen Spaß.

Die Herren berieten sich kurz und kamen bündig zu einem Urteil.

Sie gaben dem Helfer des Scharfrichters ein Zeichen. Rosenfeld wurde ergriffen und – einen Kopf kürzer gemacht.

Seit dem Jahre 1615 dürfen in Hamburg keine Nachttöpfe mehr aus den Fenstern entleert werden

Dem ehrbaren Rat der guten Stadt Hamburg lief die Galle über.

Immer wieder hörten die Ratsherrn Klagen darüber, dass viele Hamburger sich von Entbehrlichen trennten, in dem sie es zum Fenster hinauswarfen.

Ob es schließlich ein Ratsherr war, dem das Missgeschick passierte von derart Entbehrlichen getroffen zu werden, wissen wir nicht. Jedenfalls muss es jemand gewesen sein, der Einfluss hatte, so dass sich der Rat im Jahre 1615 genötigt sah, einen Erlass heraus zugeben.

Danach wurde es streng verboten, Holz, Steine und der gleichen aus Häusern auf die Gasse zu werfen.

Auch wurde es verboten, Wasser jeder Art aus den Fenstern auszugießen. So bot es sich an, in Zeiten, da es noch kein Wasserklosett gab, Nachttöpfe zu leeren, in dem man den Inhalt ungeniert und ohne Treppen steigen zu müssen, aus dem Fenster goss.

Aber der Rat zu Hamburg war immer schon fortschrittlich, was die Hamburger allerdings nicht daran hinderte, weiterhin ihre Nachtöpfe auf die bequeme Art zu leeren. Das jedenfalls zeigen Bilder, die sehr lange nach 1615 entstanden sind.

Hinweis an Besucher der Stadt: Im 21. Jahrhundert halten sich die Hamburger im Allgemeinen an das Gesetz von 1615.

Der König von Spanien ließ dem Hamburger Seehelden Karpfanger ein Denkmal setzen

Bernard Jacobsen Karpfanger war ein Hamburger Jung, der – wie es heißt – einer aus den Niederlanden stammenden Seemannsfamilie angehörte. Und die See wurde seine Heimat und letztlich auch sein Schicksal.

Über sein junges Leben ist so gut wie nichts bekannt. Einige behaupten, er sei im Jahre 1623 geboren worden. Andere sehen ihn bereits am 21. November 1622 über der Taufschale. Zwei Daten also, die nicht unbedingt zusammen passen.

Immerhin weiß man, dass er, sich in den Fußstapfen seines Vaters bewegend, ein Seemann wurde, der es wegen seiner Fähigkeiten sehr schnell zum Schiffer brachte – wie man damals die Kapitäne von Handelsschiffen nannte.

Schon als junger Mann wurde er Hamburger Bürger. Er heiratete im Jahre 1655 die damals sechzehnjährige Anna Harmsen, und im Winter, wenn Schiffe und Seefahrer notgedrungen im schützenden Hafen lagen, steckte er viel Zeit in seine Weiterbildung und widmete sich auch mehreren Ehrenämtern in seiner Vaterstadt.

Unter anderem war er Vorsteher der Corporation der seefahrenden Schiffer, woran man erkennen kann, dass er als Seemann einen guten Ruf hatte. Auch war er Mitglied der Admiralität, die es in Hamburg seit 1623 gab.

Die Admiralität übte in allen Streitfragen der Schifffahrt und des Seehandels richterliche Funktion aus. Sie förderte die Schifffahrt, war für die Leuchtfeuer und Baken auf Neuwerk und Helgoland zuständig, für das Lotsenwesen, für den Uferschutz und schließlich auch für die Konvoischifffahrt, also für die »Kriegsmarine«. Die Admiralität bestand aus Vertretern des Rates, der Handelsherrn und der Schiffer.

Karpfanger, der sich auch der Kirche verbunden fühlte und dort ebenfalls Aufgaben übernahm, gehörte also in Hamburg zu den angesehenen Persönlichkeiten. Zumal er ein »gar feiner zierlicher Mann« war, der »sich überaus wohl aufzuführen verstand«, wie Zeitgenossen zu berichten wussten.

Die Hamburger Konvoischifffahrt gab es im Übrigen nicht von ungefähr. Sie wurde den Hamburgern geradezu aufgezwungen. Denn die Hamburger, das ist bekannt, gehören nicht zu den Raufbolden der See. Sie wollen Handel treiben - und sonst nichts.

Das war zu allen Zeiten so, und eben auch im 17. Jahrhundert.

Nun gut, die Nordsee war ein friedliches Gewässer geworden, nachdem auf Initiative der Hamburger das Piratenunwesen ein für allemal gestoppt worden war.

Da aber die Hamburger Schiffe weiter nach Süden segelten, und die Hamburger Farben auch im Mittelmeer vertreten waren, kam es immer wieder zu Reibereien mit den Türken, vor denen sich die friedlichen Seeleute besonders fürchteten, oder mit den Barbaresken Algiers und anderen Raubstaaten.

Und obwohl sich die Hamburger Seeleute redliche Mühe gaben, dem lieben Gott zu gefallen, denn: »Kein guter Boots- und Steuermann / Ohn' Beten und Singen fahren kann!«, half in vielen Fällen alles Beten und Singen nichts.

Ja, manch ein Hamburger Seemann musste in den Scharmützeln auf See sein Leben lassen, und manch einer wurde gefangen genommen und als Sklave verkauft. Eine wenig angenehme Vorstellung.

Und eben darum gab es die »Convoyer«, mit Kanonen und Soldaten bewaffnete Kriegsschiffe, deren Aufgabe es war, die Handelsschiffe zu beschützen.

Manchmal hatten sich bis zu 50 Handelsschiffe um einen »Convoyer« versammelt.

Die ersten beiden Hamburger Konvoischiffe waren die »Kaiser Leopold I.« und die »Wapen von Hamburg«.

Im Jahre 1674 starb der Kommandeur der »Kaiser Leopold I.«, Matthias Dreyer, der ein redlicher und tüchtiger Kapitän gewesen war.

Als die Suche nach einem Nachfolger begann, war man sich im Rat der Stadt sehr schnell einig, dass nur Karpfanger dafür in Frage kam.

So wurde er am 14. Juli 1674 vereidigt. Ein Bürgermeister umgürtete den Kapitän mit einem silbernen Degen und überreichte ihm den Admiralsstab.

Elf Reisen als Konvoikapitän hat Berend Jacobsen Karpfanger absolviert. Neun führten ihn nach Spanien und zwei ins Eismeer.

In dieser Zeit machte er sich einen Namen als begabter Seefahrer und als guter Diplomat. Denn Konvoyschiffe liefen häufig auch zu Freundschaftsbesuchen fremde Häfen an. So war Karpfanger ein gern gesehener Gast im spanischen Cadiz.

Auf der dritten Fahrt ins Mittelmeer kam eines der ihm anvertrauten Handelsschiffe in dunkler Nacht und bei Nebelwetter weit von der Flotte ab, so dass es sich am nächsten Morgen allein auf hoher See befand.

Sofort machten zwei türkische Korsaren Jagd auf das Schiff, dessen Führer keine andere Rettung sah, als es auf Strand zu setzen.

Hier bot die Mannschaft, verstärkt durch spanische Strandbauern so lange Widerstand, bis Karpfanger, der das Schiff längst suchte, erschien und die Korsaren zum Teufel jagte. Das Schiff wurde wieder flott gemacht und segelte mit der Flotte weiter.

Im Jahre 1678 ging es mit 50 Grönlandfahrern ins nördliche Eismeer. Die Walfänger machten reiche Beute. Mit etwa 550 Walen kehrten sie in die Elbe zurück.

Dort wähnten sie sich - wie man sich vorstellen kann - in Sicherheit, als sie plötzlich von einer Flotte von fünf schwer bewaffneten Schnellseglern aus Dünkirchen überfallen wurden. Das größte dieser französischen Schiffe führte 38 Kanonen.

Karpfanger zögerte nicht lange. Er gab seinen Handelsschiffen Deckung und begann den Kampf gegen die Piraten.

Es kam zu einem zwölfstündigen Gefecht, in dessen Verlauf »Kaiser Leopold I.« zwei Schiffe versenkte, während die anderen angeschlagen und nach hohen Verlusten im Schutze der Nacht entkamen.

»Kaiser Leopold I.« hatte nur zwei Tote und einige Verwundete zu beklagen.

Einer der Toten war der Schiffs-Profos, der Vorsteher der Schiffsgerichtsbarkeit, der mit dem Gefecht gar nichts zu tun hatte. Er war nur aus Neugier an Deck gekommen war, vor allem um zu sehen, ob das Gefecht bald zu Ende sei, denn er hatte Hunger.

Eben erzählte er das dem Bootsmann, nämlich dass er seit dem Frühstück noch nichts Rechtes zu sich genommen habe, da traf ihn eine achtpfündige Kanonenkugel gerade zwischen Brustkob und Gürtelschnalle, sozusagen auf den nüchternen Magen, der damit natürlich für alle Zeiten aufhörte zu knurren.

Diese Seeschlacht in der Elbe begründete den Ruhm des Admirals Karpfanger, der für diese Tat vom Senat ein Sonderhonorar von 300 Talern erhielt.

Im Juli 1683 übernahm Karpfanger, dessen Schiff im Dock lag, die »Wapen von Hamburg« und lief nach Cadiz aus, wo er im Oktober eintraf, um es nach ein paar Tagen – so war es geplant – mit einigen Handelsschiffen wieder zu verlassen.

Am 10. Oktober gegen 20 Uhr saß er mit seinem Sohn, seinem Neffen, den Schiffsoffizieren und mit einigen Freunden aus der Stadt in der Kajüte. Man aß und trank, und eben wollten sich die Gäste verabschieden, als es draußen ein Getümmel gab und der Kajütenjunge atemlos in die Kajüte gestürmt kam und berichtete, dass die unteren Räume des Vorschiffs in Flammen stünden.

Karpfanger, seine Offiziere, seine Soldaten und die Seeleute versuchten zu retten, was zu retten war. Einige der Matrosen sprangen schließlich in die große Schaluppe, um der Hölle zu entrinnen. Aber mit Donnerstimme forderte Karpfanger sie auf, an Bord zurück zu kehren.

Doch das Feuer war nicht zu bremsen und näherte sich immer mehr dem Pulver - und dann ... dann brauchte man sich keine weiteren Gedanken mehr zu machen. Wenn das Feuer das Pulver erreicht hatte, gab es keine Chance mehr, das Schiff zu retten.

Die letzten Unentwegten versuchten, dem Feuer Einhalt zu gebieten. Karpfanger aber bat den Bootsmann, seinen Sohn und seinen Neffen an Land zu bringen, während er selbst die Stellung halten wollte. Er widerstand allen Bitten seines Sohnes, auch an sich zu denken.

Karpfanger kannte seinen Platz, und dieser Platz war nun mal auf seinem Schiff, das schließlich durch die Explosion in der Pulverkammer in die Luft flog.

Am folgenden Morgen trieb ein lebloser Körper auf ein im Hafen liegendes englisches Schiff zu, und die englischen Seeleute sahen, dass es Kapitän Karpfanger war.

Es war die erste der nach und nach aufgefischten Leichen der verunglückten 22 Soldaten und 42 Bootsleute.

28 Soldaten und 128 Bootsleute hatten sich retten können, ebenso der Sohn und der Neffe des Kapitäns.

Karpfanger fand sein Grab am Meeresufer bei Cadiz.

König Carl II. von Spanien (1661-1700), der Karpfanger sehr geschätzt hatte, ließ ein Denkmal auf seinem Grab errichteten.

Das Denkmal ist jedoch während der Franzosenkriege zerstört worden.

Wie ein Trunkenbold kuriert wurde

Die Hamburger sind von Haus aus solide. Sie finden nichts grässlicher, als einen über den Durst zu trinken. Das jedenfalls zeigt uns mit absoluter Zuverlässigkeit die folgende Geschichte.

Denn – denken Sie doch mal nach: Wäre es nicht so, brauchten wir diese Geschichte gar nicht zu erzählen. Denn dann wäre sie ganz alltäglich. Und das ist sie eben nicht.

Es war so um 1680, da lebte ein wohlhabender Bäckermeister in Hamburg, etwa in der Gegend des Schweinemarktes. Es kann auch direkt am Schweinemarkt gewesen sein.

Dieser an sich tüchtige und im Allgemeinen fröhliche Mensch hatte nur einen Fehler: Er soff – um das mal ganz klar zu sagen – wie ein Loch.

Es gab keinen Abend, an dem er nüchtern war.

Meistens stieg er völlig von Sinnen ins Bett. Ja, mitunter brachte ihn eine Schar von Straßenjungen mit Spottgeschrei nach Hause. Sie sangen mit lauten Stimmen: »Bring' dat Swin na'n Swinmarkt, ho ho ho!« Und die Leute hinter den Gardinen schüttelten die Köpfe.

Seine Familie war verzweifelt, zumal er obendrein auch noch – was kein Wunder war – bei der Arbeit zu pfuschen begann, so dass die Kunden, selbst die gutwilligen, nach und nach wegblieben.

Eines Tages beschloss die Bäckersfrau, Nägel mit Köpfen zu machen.

Sie wandte sich an den Haus-Barbier und an den zuständigen Pastor, und die beiden hatten eine Idee.

An einem Abend, als er wieder volltrunken und besinnungslos nach Hause gekommen war, bemächtigten sie sich seiner, zogen ihn aus und kleideten ihn herrenmäßig. Sie scherten ihm eine Glatze und setzten ihm eine Perücke auf.

Danach trugen sie ihn in ein Haus in der Neustadt, das in einer ihm völlig unbekannten Gegend stand und das von ihm wildfremden Leuten bewohnt wurde.

Die Leute waren von der Bäckersfrau unterrichtet worden, und gegen eine kleine Gebühr zeigten sie sich gern bereit, bei der Kur zu helfen.

Als der Bäckermeister am nächsten Morgen erwachte, glaubte er zu träumen. Er schüttelte den Kopf, zupfte sich an Ohren und an der Nase, guckte in den Spiegel und bekam es mit der Angst zu tun.

Das Schlimmste für ihn war, dass die Leute im Haus gar nicht befremdet taten über den neuen Hausgenossen, sondern freundlich mit ihm verkehrten, wie man eben mit einem Menschen umgeht, der ganz selbstverständlich zum Haus gehört.

Irgendwann aber fragten sie ihn doch, wer er denn sei und woher er komme.

Er aber seufzte tief und meinte, es komme ihm vor, als träume er. Die Kleidung, die Perücke, alles sei ihm sehr fremd - wenn er nur wüsste wie es zu dieser Verwandlung gekommen sei.

Möglicherweise, so sinnierte er, sei er gar nicht der, der er zu sein glaube.

Aber das wussten die anderen auch nicht und kümmerten sich nicht weiter um ihn.

Darüber vergingen mehrere Tage, die der Bäckermeister mit Stöhnen und Jammern verbrachte, ohne dass ihm der Sinn nach Bier und Wein stand. Von harten Getränken ganz zu schweigen.

Schließlich bat er seine Gastgeber, sich doch einmal in der Bäckerei unweit des Schweinemarktes zu erkundigen, ob der Meister im Hause sei.

Das taten sie gern.

Sie kehrten mit der Auskunft zurück, dass der Bäckermeister seit Tagen verschwunden sei, und man mache sich Sorgen um ihn.

Da freute sich der Meister und dachte: Dann bist du vielleicht doch kein anderer, sondern du bist der Bäckermeister vom Schweinemarkt.

Und während er mit diesen Gedanken beschäftigt war, kamen die Seinigen und begrüßten ihn wie einen lange Vermissten.

Sie brachten ihn nach Hause, und erst nach und nach begriff er den Zusammenhang der ganzen Geschichte, die auf ihn einen so großen Eindruck gemacht hatte.

Fortan mied der Bäckermeister den Alkohol wie den Teufel.

Er pfuschte nicht mehr bei der Arbeit, seine Kunden kamen zurück, und er ist noch tüchtiger in seinem Fach geworden, als vorher. Und die Kasse klingelte.

Aber die Perücke hat er nie wieder abgelegt – sie sollte ihm eine ewige Erinnerung sein.

Der feine Millionär

Tüchtig musste man schon sein, auch in Hamburg, um ein Millionär werden zu können. Aber Millionäre sind nicht automatisch feine Leute, wie ja auch manch feiner Mann ein armer Schlucker ist und bekanntlich nicht jeder, der in der Blumenstraße wohnt, nach Veilchen duftet.

Herr Eberhard Ludwig Schlaaf, der in den ersten Jahrzehnten des 18. Jahrhunderts lebte, hatte es durch günstige geschäftliche Umstände, durch Glück, aber auch durch Tüchtigkeit zum Millionär gebracht.

Statt aber, wie es Hamburger Art ist, kein Aufhebens davon zu machen, schwoll ihm der Kamm.

Hamburg mit seinen bürgerlichen Ämtern, von denen er das eine ohne andere hätte übernehmen können – aus staatsbürgerlichem Interesse und selbstverständlich ohne Vergütung, war ihm nicht fein genug. Er strebte nach Höherem.

Und tatsächlich ergab sich eine Gelegenheit. Er wurde Kurhannöverscher Resident.

Allerdings war mit diesem Amt verbunden, dass Herr Eberhard Ludwig Schlaaf sein gut gehendes Handelsgeschäft und auch sein Bürgerrecht aufgeben musste, was er mit Vergnügen tat.

Seine alten Freunde waren etwas indigniert. Seine neuen Bekanntschaften, die in Hamburg lebenden Diplomaten, sahen ihn nicht recht für voll an, da er in Sitte, Denkungsart und Redeweise etwas, ja, wenn man so will, vulgär war.

Es gab bereits viele Geschichten über ihn, die in der Hamburger Gesellschaft mit Genuss erzählt wurden.

Eine dieser Geschichten überlebte die Jahrhunderte.

Ein Herzog – fragen Sie bitte nicht, welcher es war – lebte mit seiner Frau und seinem Gefolge einige Wochen in Hamburg. Resident Schlaaf war überglücklich, als diese hohen Herrschaften seine Einladung zu einem Gastmahl annahmen, das er für sie in seinem Landhaus an der Elbe auszurichten gedachte.

Eine auserlesene Gesellschaft von Standespersonen hatte sich zu diesem Schmaus vereinigt. Zahllose Schüsseln mit Köstlichkeiten wurden aufgetragen, und der Wein floss in Strömen, so dass Herr Eberhard Ludwig Schlaaf bereits beim dritten Gang ziemlich berauscht erschien. Das drückte sich darin aus, dass er seine Dienerschaft und sogar die Virtuosen der Tafelmusik ohne Rücksicht auf die Gäste auszankte.

Die Gäste selbst ignorierten seine Verstöße gegen die feine Lebensart und versuchten einigermaßen gute Miene zum bösen Spiel zu machen.

Eine ausnehmende Feinheit hatte sich Herr Schlaaf für den vierten Gang ausgedacht, und mit dieser Feinheit wollte er vor allem der Herzogin eine Artigkeit erweisen.

Die Herzogin, eine etwas korpulente Dame. war unter den anwesenden Frauen die einzige, die sich standesgemäß, wenn auch nicht sehr hanseatisch, mit Diamanten geschmückt hatte.

Das galante Kompliment des Hausherrn bestand nun darin, dass er der Herzogin ein gebratenes ungemein feistes Spanferkel sozusagen vor die Nase setzen ließ, das mit den Juwelen von Frau Schlaaf geschmückt war - mit Ohrgehängen, Halsband und Diadem.

Und in diesem Augenblick, da sich die Herzogin und das Spanferkel Aug in Aug gegenüber saßen, begann die Musik, fein ausgewählt von den ausgezankten Vituosen.

Sie spielten die damals sehr beliebte Arie: »Wie lächelt hold dein Ebenbild ...«

Mit der vornehmen Gelassenheit der Gesellschaft war es daraufhin vorbei.

Man brach in ein unaufhaltsames und von den Hoheiten angestimmtes Gelächter aus, dem sich der an sich gutmütige Wirt gern anschloss, ohne den Grund für diese Heiterkeit zu ahnen.

Die Liebe der Hamburger zum Ochsenfleisch, und was Herr Balthasar damit zu tun hat

Die Liebe der Hamburger zum Ochsenfleisch ist uralt, wobei hinzugefügt werden muss, dass sie ursprünglich mehr in den einfacheren Gesellschaftsschichten angesiedelt war. Im Mittelalter aßen die Handwerker Rindfleisch. Die Kaufleute hielten sich an das teurere Schweinefleisch. Das änderte sich im 18. und 19. Jahrhundert.

Thomas Lediard, Jurist aus England und von 1722 bis 1728 Leiter des Dekorationswesens der damals hochberühmten Hamburger Oper, notierte fassungslos, dass man während der Zeit der Ochsenmärkte vor beinahe jeder Tür in Hamburg einen geschlachteten Ochsen hängen sehen könne, und mancher Bürger kaufe nicht nur einen Ochsen, sondern lieber gleich mehrere.

Bekannt ist vor allem auch heute noch das Hamburger Rauchfleisch, das ja vom Ochsen stammt, und zur Leibspeise der Hamburger gehört.

Und nicht nur der Hamburger.

Friedrich Engels zum Beispiel schrieb im Jahre 1841 aus Bremen, wo er zum Kaufmann ausgebildet werden sollte: »Wilhelm Leupold und ich blieben gewöhnlich zusammen auf, setzten uns hinter den Tisch aufs Sofa, auf dem Tisch einige Flaschen Wein, Wurst und ein großes Stück vom edelsten Hamburger Rauchfleisch.«

Wir aber gehen von Friedrich Engels noch einmal hundert Jahre zurück in die erste Hälfte des 18. Jahrhunderts.

Damals lebte in Hamburg der Ratsherr Balthasar, der wohl beliebt, aber auch wohlbeleibt war. Er war von stattlicher Größe, und wohin er trat, da wuchs kein Gras mehr.

Wenn die Arbeitsleute ihn auf der Straße trafen, grüßten sie ihn mit großem Respekt und sagten zueinander: »Dat is'n Keerl ass'n Oss!« Das ist ein Kerl wie ein Ochse.

Herr Balthasar war gutherzig, liebte die Gemütlichkeit über alles, und allgemein sagten die Hamburger von ihm, dass in der ehrlichen Haut ein zufriedenes Stück Fleisch stecken müsse.

Dieser Herr Balthasar hatte aber eine Passion. Es war die Ochsen-Passion.

Nicht allein, dass er täglich dreimal Ochsenfleisch essen musste – das gehörte bei ihm zum Leben, sondern er besaß soviel Interesse an den Ochsen, dass er ihre Natur studierte und nicht nur Mark und Nieren prüfte, sondern auch in ihre innerlichste Eigentümlichkeit eindrang.

Wo immer Ochsen geschlachtet wurden, Herr Balthasar war dabei, um zu sehen, wie die Knochenhauer die Tiere mit einem einzigen Schlag gegen die Stirn niederschmetterten. Dann pflegte er zu sagen: »Wenn ick man wüss, wie so'n Ossen to Mood ist, wenn he een vör'n Kopp krigt!« Wenn ich nur wüsste, wie einem Ochsen zumute ist, wenn er einen vor den Kopf kriegt.

Natürlich nahm Herr Balthasar im Winter regelmäßig mittwochs ab zwei Uhr im »Haus auf dem Baum«, im Baumhaus, an der berühmten »Ossen-Mahltied« teil.

Bei dieser Mahlzeit waren alle Speisen aus Ochsenfleisch zubereitet, und zum Nachtisch kamen »Ossenoogen« (Ochsenaugen) auf den Tisch, dicke kugelrunde Kuchen. Zu dem Essen gab es einen tüchtigen »Sluck up de Ossentung«.

Das Baumhaus war im Jahre 1662 an der Elbe am Ende des Baumwalles von dem Architekten Hans Hamelau im Stile der flämischen Renaissance als Zollstation am Baumwall gebaut worden. Es verfügte über eine Galerie von der aus man die berühmte Aussicht genießen konnte.

Das Haus besaß drei Stockwerke, wobei sich im unteren Teil die bereits erwähnte Zollstation und ein Gasthaus befanden. Im Obergeschoss lagen Gesellschaftsräume und ein Festsaal mit der Galerie.

Von hier aus nahm die Admiralität die Parade der beflaggten Schiffe ab. Hier erklang die Admiralitätsmusik. Und gut situierte Bürger feierten hier ihre Feste. Im Sommer pflegte der Künstlerverein im Baumhaus zu tagen.

Auf dem Dache das Baumhauses befand sich seit 1837 ein optischer Telegraph, der Hamburg über viele Stationen mit Cuxhaven verband und sich bei dem großen Brand im Jahre 1842 bewährte, als Hamburg auswärtige Hilfe brauchte. Das Baumhaus wurde 1857/58 abgerissen.

Doch zurück zu Herrn Balthasar.

Er verstand sich nicht nur auf die Ochsen, sondern auch auf den Ochsenhandel, wie kein anderer. Und wenn er ein Tier fünf Minuten angeguckt und mit der Hand befühlt hatte, wusste er genau, wie viel Pfund Fleisch es auf die Waage brachte, wie stark seine Knochen waren, und wie viel Talg das Tier zu liefern in der Lage sein würde. Immer traf es zu. Darum sagte man von ihm ohne Schmeichelei, aber auch ohne Hintergedanken, dass er den trefflichsten Ochsenverstand in ganz Hamburg habe.

Während der Schlachtzeit, sechs bis acht Wochen im Herbst, war des Herrn Balthasar große Zeit.

Denn damals wurden in den Schlachtwochen mehr als 15.000 fette Ochsen und unzählige Schweine geschlachtet. Jeder Hamburger, vornehm oder gering – wenn er nur das nötige Geld dazu hatte – schlachtete neben mehreren Schweinen auch einen oder zwei Ochsen. Sie wurden im Hause eingepökelt, geräuchert oder verwurstet, nachdem die besten Stücke als »Ossenbraden« frisch genossen worden waren.

Es war eine Zeit, in der die Straßen der Stadt vom Ochsengebrüll und Schweinegequiek widerhallten, in den Rinnsteinen Ochsenblut floss und in vielen Häusern ein Masttier hing.

Alles sprach nur über die Ochsen, und namentlich Herr Balthasar hatte kein anderes Thema.

Wenn bei ihm zu Hause Schlachtfest war, dann brauchte der Kopfschlachter nur die Schweine zu töten. Herr Balthasar ließ es sich nicht nehmen, dem riesigen Ochsen, den er für sich ausgesucht hatte, eigenhändig einen Schlag vor den Kopf zu geben, wobei er das Beil nur einmal zu schwingen brauchte, um das Tier zu fällen. Und jedes Mal fragte er sich, wie dem Tier zu Mute sein möge. Er kam und kam da nicht hinter.

Wenn dann der Ochse gehäutet, ausgeweidet und gestreckt ein paar Tage auf der Hausdiele hing, kamen viele Hamburger, um sich das ungewöhnliche Tier anzugucken und sich seine Vorzüge von Herrn Balthasar erläutern zu lassen, was er sehr gern tat – wie ein Fremdenführer, der über den Hamburger Hafen spricht.

Meistens saß Herr Balthasar oben in seinem Kontor, wenn Besucher kamen. Dann rief die Köchin mit lauter Stimme durchs Haus: »Wohlweisheit! Kamen Wohlweisheit mal gau herdal, da is Een, de will'n Ossen sehn!« Kommen Wohlweisheit mal schnell herunter, da ist einer, der will den Ochsen sehen!

Der Ratsherr Balthasar brachte es wegen seiner Verdienste, die mit seinem Ochsenverstand nichts zu tun hatten, zum Senator, was vor allem den einfachen Hamburgern sehr gefiel.

Als er nun das erste Schlachtfest als Senator erlebte, wagte es der Hausschlachter nicht, dem hohen Herrn in gewohnter Weise das Beil in die Hand zu drücken.

Doch da kam er schlecht an. Mit den Worten, ob der Schlachter glaube, er sei stolz geworden, griff Balthasar zum Beil und schlug zu, immer mit dem Gedanken, was bei dieser Gelegenheit im Kopfe des Ochsen vorgehen möge. Dieser Gedanke ließ ihn nicht ruhen.

Einst aber tat Herr Balthasar einen schweren Fall. Er stürzte kopfüber eine Speichertreppe hinunter und schlug auf der Gasse mit der Stirn gegen einen Eckstein.

Einer, der dabei gewesen war, sagte: »He flög dal ass'n Oss!« Er flog runter wie ein Ochse.

Herr Balthasar blieb eine Weile bewusstlos liegen. Man trug ihn ins Haus. Und als er aus tiefer Ohnmacht erwacht war und das Vorgefallene begriffen hatte, ging ein zufriedenes Lächeln über sein Gesicht. Seine ersten Worte waren:

»Na, nu weet ick doch ook, wie'n Ossen to Mood is, wenn he een' vör'n Kopp krigt!«

Warum Hamburger Waren in Nienburg an der Weser konfisziert werden sollten

Normalerweise haben Hamburger und Nienburger kaum etwas miteinander zu tun gehabt.

Man liegt weit genug auseinander, um sich weiträumig aus dem Wege gehen zu können, wenn man sich überhaupt aus dem Wege gehen will. Warum auch?

Nienburg liegt an der Mittelweser, und was sich die beiden Städte zu sagen haben, wird überregional kaum von Bedeutung sein.

Doch für eine ganz kurze Zeit in der Geschichte der beiden Städte war das Verhältnis etwas kabbelig - wobei die kleinen Nienburger die Nase vorn hatten. Und das kam so:

In Hamburg lebte um 1620, also während des Dreißigjährigen Krieges, der Kriegsmann Wilhelm von Lüdinghausen, genannt Wulff.

Er war rechtschaffen und tatkräftig und kommandierte als Kapitän eine Kompanie des kleinen Hamburger Stadtmilitärs.

Nun war Hamburg während des großen Krieges nicht unbedingt der Nabel der Welt - Gott sei Dank. Das aber passte dem Kapitän von Lüdinghausen, genannt Wulff, keineswegs in den Kram. Er wollte sich - als ordentlicher Krieger - im Kampfe auszeichnen, wurde aber zu seinem Entsetzten zunächst zum Major befördert und anschließend in den Ruhestand versetzt. Man brauchte ihn nicht.

Dabei passierte es, dass die Hamburger Staatskasse, die sowieso am Rande der Insolvenz entlang strauchelte, dem Major 200 Reichstaler schuldig blieb.

Zunächst hielt er es für ein Versehen. Schließlich formulierte der Offizier ein Mahnschreiben. Es blieb unbeantwortet, was ja keineswegs die feine englische Art ist - schon gar nicht die hamburgische.

Wilhelm von Lüdinghausen, genannt Wulff, verließ die Hansestadt und trat in andere Dienste, die ihm das boten, was er schmerzlich vermisst hatte, nämlich Waffengeklirr und Kampfeslärm.

Im Jahre 1647, kurz vor Ende des großen Krieges, finden wir ihn wieder als Oberst und Kommandant der Stadt Nienburg an der Weser.

Dort nun hatte er ein bisschen Zeit, sich um die alte Hamburger Schuld zu kümmern.

Er schickte mehrere Mahnbriefe an die Elbe. Die Hamburger nahmen die Briefe zwar zur Kenntnis, beantworteten sie aber nicht.

Nun war Wilhelm von Lüdinghausen, genannt Wulff, ein geduldiger Herr, dem es im Übrigen finanziell auch gar nicht schlecht ging. Er überlegte sich bereits, das Hamburger Geld in den Schornstein zu schreiben - zumal er wusste, dass es den Hamburgern wirtschaftlich immer noch nicht viel besser ging.

Da erfuhr er beiläufig, dass er im Hamburger Rat Feinde hatte, die ihn verleumdeten und seine Forderungen als unbegründet in den Papierkorb geworfen hatten.

Herr von Lüdinghausen, genannt Wulff, fühlte sich daraufhin in seiner Ehre verletzt. Er wurde böse und suchte einen Weg, der ihn zu seinem Geld führen könnte.

Dabei kam ihm der Gedanke, dass dieser Weg an seinem Haus vorbei durch Nienburg führte. Denn viele Hamburger Kaufleute passierten mit ihren Waren und Fuhren die Stadt Nienburg.

Für einen ausgebufften Kriegsmann war es eine Kleinigkeit, den Warenverkehr zu stoppen und sich zu bedienen. Freunde hatte er genug, die ihm gern dabei geholfen hätten - gegen entsprechende Bezahlung. Es versteht sich, dass nicht er das Geld bezahlt hätte. Das wäre zu Lasten der Hamburger gegangen.

In einem letzten dringlichen Brief machte der Kommandant von Lüdinghausen, genannt Wulff, den Hamburger Rat auf die Lage aufmerksam. Die Mitglieder des Hamburger Rates stutzten und fanden von einem Tag zum anderen Mittel und Wege, den alten Gläubiger zu befriedigen.

Die 200 Reichstaler nahmen den Weg von Hamburg nach Nienburg an der Weser.

Und wie es der Zufall wollte, wurde Wilhelm von Lüdinghausen, genannt Wulff, bald darauf zum General befördert.

Von da an ging es ihm richtig gut.

Doch leider hat er davon nicht mehr viel gehabt.

Es dauerte nicht lange, da wurde er sozusagen noch einmal versetzt und - zum Himmelsbürger befördert. Da brauchte er kein Geld mehr. Und ...

... die liebe Seele hatte Ruh.

Der kaufmännische Ratsherr rangierte nach den Doktoren und Pastoren

Bis ins 18. Jahrhundert hinein konnte sich die republikanische Küstenstadt von den gesellschaftlichen Anschauungen des Zeitalters des Absolutismus nicht freimachen. Das zeigt besonders das Bild des Kaufmannes in der öffentlichen Meinung. Und das war nicht gerade doll!

Dem Kaufmann begegnete in der öffentlichen Meinung durchaus die damals allgemeine Nichtachtung, wie sie seine Stellung im öffentlichen Leben jedenfalls in Hamburg nicht verdiente.

Der Historiker Ernst Baasch (1861–1947) schrieb: »Selbst der kaufmännische Ratsherr rangierte nach den Doktoren und Pastoren!«

Erst unter dem Einfluss der Engländer in Hamburg wandelte sich diese Auffassung so völlig, dass keine Charakteristik Hamburgs vom Ende des 18. Jahrhunderts den überragenden Einfluss des Kaufmannes zu erwähnen vergisst.

Der Domherr Friedrich Johann Lorenz Meyer (1760–1844), Sohn eines Weinhändlers und Autor der schönen Stadtbeschreibung: »Skizzen zu einem Gemälde von Hamburg« schrieb:

»Wer seinen Wechsel zahlt, heißt hier ein ehrenwerter Mann, eine wohlgefüllte Wechseltasche ist das höchste Kostüm, ist die Eleganz selbst, den Wechselkurs gut berechnen zu können, Glück in Geschäften zu machen, heißt Talent und Geist haben, an der Börse eine Rolle spielen, heißt der Ehrenstellen Höchste bekleiden: denn an diesem Hofe des Plutus wird Ansehen und Achtung nur nach Mark Banco angeschlagen.«

Das war zwar nicht besonders höflich ausgedrückt. Aber man muss sich in die Gemütslage des Autors versetzen. Der Mann war gekränkt. Er hatte den Stand seines Vaters verlassen, sich nach oben gekämpft, und - nun war er wieder unten.

Plutus, um das mal eben zu erwähnen, war der griechische Gott des Reichtums.

Unter Banco aber verstand man in Deutschland zumeist das Hamburger Bankgeld, eine nicht durch Münzen vertretene Valuta, in der ursprünglich 27 3/4 Mark (Bankmark, Mark Banco) eine (Kölner) Mark fein Silber betrugen.

Das alles könnte man nun über mehrere Seiten fortsetzen - mit vielen krummen Zahlen, die uns aber heute gar nicht mehr interessieren.

Außerdem ist dieses Buch keine Pflichtlektüre für Bankangestellte, was auch sowieso Unsinn wäre, denn diese Rechnerei endete mit der deutschen Reichswährung, die am 15. Februar 1873 in Kraft trat.

Und das ist auch schon wieder lange her - und Vergangenheit.

Der Hamburger Kaufmann jedenfalls stand sozusagen im Mittelpunkt des Geschehens. Wirtschaftlich sowieso, politisch auch und ebenso gesellschaftlich. Die Doktoren und Pastoren wurden allenfalls, wenn sie Glück hatten, eingeladen.

Bei den Hamburger Kaufleuten aber traf man alles, was Hamburg »Schönes und Elegantes« aufzuweisen hatte, wie ein Leipziger Unterhaltungsblatt, nämlich die »Elegante Welt« am 5. Oktober 1807 schrieb.

Als dann noch in den letzten Jahren des 18. Jahrhunderts zahlreiche französische und holländische Emigranten die Stadt überschwemmten, weitete sich die bürgerliche Exklusivität aus. Eine bunte Gesellschaft machte von sich reden. Namen, die bis dahin kaum einer aussprechen konnte, waren nun in aller Munde.

Und so konnte es passieren, dass ein Reisender etwa auf einer Sieveking'schen Gesellschaft in Neumühlen den letzten Prinzen aus dem italienischen Fürstenhause Gonzaga, das sich auf Kaiser Lothar zurückführte, neben einigen Holländerinnen, einen Engländer aus Liverpool neben einem Republikaner aus Bordeaux, einen Schweizer Agenten neben einem eben aus Marokko zurückgekehrten schwedischen Konsul, einige englische Juden neben einem Amerikaner aus New Jersey, den bedeutenden Hamburger Aufklärer Professor Johann Georg Büsch (1728–1800) neben einem Leipziger Geldmann bemerkte.

Nach diesem langen Satz brauchen wir eine kleine Pause.

Über den Charakter der Hamburger

Wir wollen uns jetzt über den Charakter der Hamburger unterhalten, wobei wir uns aber nicht auf den Lübecker Thomas Mann stützen wollen, der in seinen »Buddenbrooks« kein besonders freundliches Bild Hamburger Kaufleute und Bänker gezeichnet hat. Die Bremer fragen wir schon gar nicht.

Der Hamburger Charakter ist nur von einem Hamburger zu erklären. Alle anderen sind voreingenommen. Und es gibt ja auch genug Hamburger, die etwas über ihren Volksstamm sagen können.

Der Hamburger Arzt Dr. Johann Jakob Rambach hat im Jahre 1801 ein weithin bekanntes Buch über Hamburg geschrieben. Es trägt die Titel: »Versuch einer physisch-medizinischen Beschreibung von Hamburg«.

In diesem Buch wird über die Lage der Stadt geschrieben, über die Straßenbeleuchtung, über Straßennamen, über die Armenbezirke, über Gänge und Höfe, also, über alles Mögliche, und eben auch über den Charakter der Hamburger.

Dabei hat Herr Rambach ein keineswegs übertrieben schmeichelhaftes Bild von seinen Mitbürgern entworfen.

Rambach meint, dass die besonderen Eigenheiten des Charakters der Hamburger von seinem Temperament und seiner Beschäftigung her rühren.

Der Hamburger, so schreibt Rambach, sei phlegmatisch und habe demzufolge wenig Einbildungskraft. Daher neige er nicht zu Hypochondrie und dem Selbstmord. Er lasse sich nicht reizen, sei wenig lebhaft und eher ernst als lustig. Er sei arbeitsam, aber nicht erfinderisch.

Der Hamburger, so schreibt Herr Dr. Rambach weiter, beleidige niemand absichtlich, und wenn er selbst beleidigt werde, reagiere er wie ein Elefant. Er vergesse es nie.

Hamburg, das sei allgemein bekannt, ist eine Stadt des Handels. Deshalb schätzen die Hamburger an allen Talenten und Wissenschaften nur den praktischen Nutzen. Gelehrte und Dichter haben nach Rambach in Hamburg so gut wie keine Chance.

»Den Nationalcharakter der Hamburger machen besonders die Mischungen einige der vorher erwähnten Extreme aus. Dahin gehört besonders die der Dienstfertigkeit und der Grobheit. Jene ist fast jedem Hamburger ohne Ausnahme eigen und scheint mir besonders aus der Achtung und Aufmerksamkeit auf Geschäfte herzurühren.

Man frage den gemeinsten Lastträger auf der Gasse nach irgendeinem Hause – er wird, sei sein Äußeres auch noch so roh und seine Last noch so schwer, still stehen und gern einen Bescheid geben, auf dem man sich sicher verlassen kann. Man bitte den reichsten Kaufmann um eine Gefälligkeit, und man wird schwerlich eine abschlägige Antwort erhalten.

Tritt man dagegen unsrem gemeinen Mann in den Weg, so nimmt dieser weder auf Alter, noch auf Geschlecht, noch auf Stand Rücksicht, sondern rennt wie blind auf jeden los, der nicht ausweicht, und stößt wohl gar noch ein Heer von Schimpfwörtern mit dem Nationalgepräge der Derbheit aus.

Und wehe dem, der es so weit kommen lässt, dass er die Fäuste des Pöbels fühlt, denn diesem ist es nicht genug, seinen Gegner zu besiegen, er sucht ihn auch unschädlich zu machen. Diese Art eines Faustkampfes nähert sich dem englischen; Stöße in die Magengegend und Schläge ins Gesicht sind die Hauptsache dabei. Aber unserem gemeinen Manne fehlt der Edelmut der Engländer, die einen überwundenen Feind schonen.«

Rambach nimmt auch die vornehmen Hamburger aufs Korn, wobei er die wahren Grobheiten den Emporkömmlingen überlässt, während die besser Erzogenen die guten Sitten eben nur mal vergessen.

Die zuvorkommende Dienstfertigkeit äußert der Hamburger - nach Rambach - besonders gegen Fremde, selbst gegen solche, von denen er als Kaufmann keinen Vorteil zu ziehen hoffen dürfe.

Jeder Ausländer, der ihm empfohlen werde oder der sich selbst empfehle, werde von ihm mit Beweisen der Gastfreundschaft überhäuft.

Der gemeine Mann hasse zwar den »Butenminschen«, also jeden, der von weiter her kommt, als man vom Turm des Michels nach draußen (»buten«) gucken kann, von ganzem Herzen und prelle ihn, wo er könne. Dessen ungeachtet behandele er ihn äußerst höflich.

Aber, bitte, vergessen Sie nicht: Das Buch wurde vor 200 Jahren geschrieben.

Ick hew Em to gern

Mit dem Schauspieler und Theaterdirektor Friedrich Ludwig Schröder (1744–1816) hatte Hamburg eine große Zeit.

Dreimal und über mehrere Jahre hinweg hat der begabte und beliebte Schauspieler, der weit über Hamburg hinaus bekannt war und einige Jahre das Burgtheater in Wien leitete, dem Schauspielhaus vorgestanden. Es heißt, er sei überhaupt der erste Schauspieler gewesen, der – im Jahre 1781 – vom Publikum namentlich auf die Bühne gerufen worden sei.

Einmal begegnete ihm auf der Straße ein alter Hamburger Kaufmann.

Der Kaufmann hielt Schröder an und fragte: »Wat speelt Se hüt?«

Schröder antwortete: »Ein Trauerspiel.«

»Speelt He ook mit«, wollte der Kaufmann wissen.

»Nein«, sagte Schröder.

»Och!«, bat daraufhin der Kaufmann. »Kumm He man immer'n beten mit rut. Ick hew Em to gern.«

Noch einmal

Der bis heute unvergessene Schauspieler Friedrich Ludwig Schröder hatte »Heinrich IV.« von Shakespeare auf den Spielplan gesetzt.

Leider wurde die Premiere kein großer Erfolg, obwohl der so beliebte Schröder den Falstaff spielte – ja, die Vorstellung war nur mäßig besucht.

Doch Schröder ließ sich nicht aus der Fassung bringen. Als der Vorhang gefallen war, trat er an die Rampe und hielt folgende Rede:

»In dem Glauben, dass dieses Meisterwerk erst bei öfterem Sehen und Hören besser verstanden wird, soll das Stück morgen wiederholt werden!«

Die Hamburger gingen gedankenvoll aus der Vorstellung und am nächsten Abend wieder hinein, begleitet von Freunden und Bekannten, die vielleicht helfen könnten, die verkannten Qualitäten zu entdecken.

Und tatsächlich, es gelang. Shakespeares »Heinrich IV.« und Schröders Falstaff wurden am Ende ein Riesenerfolg und gingen in die Theatergeschichte ein.

Pärrisch leben

John Parish (1742–1828) war der Sohn eines schottischen Kapitäns. Er kam als armer Junge nach Hamburg und begann mit einem kleinen Handelsgeschäft.

Es erwies sich, dass Parish über kaufmännische Fähigkeiten verfügte, denn er verstand es, sozusagen aus dem Nichts – mehr war sein Geschäft zunächst nicht – eine Getreidehandlung aufzubauen, die am Ende zu den führenden Europas gehören sollte.

Außerdem wurde John Parish mit wachsendem Wohlstand zu einem Genussmenschen, jedoch ohne dabei allzu übermütig aus dem Rahmen zu fallen.

Er war ein energischer Mann, der zwar mehrfach vor dem Ruin stand, aber immer die Nerven behielt. Wenn seine Mitarbeiter verzweifelt die Köpfe hängen ließen, stand er – wie sein seemännischer Vater – auf der Brücke und führte sein »Schiff« in ruhige Gewässer. Und immer kamen im richtigen Augenblick die Sonne durch und gute Winde auf.

Dabei sah er im Zusammenraffen von Reichtum nie den Selbstzweck – ja, er machte sich ernsthafte Gedanken über den Wert und Sinn des Reichtums überhaupt und über dessen würdige Nutzung.

Nachdem er über die Jahre gut verdient hatte, begann er im Alter von 54 Jahren, seinen Wohlstand vernünftig zu genießen.

Er zog sich mit zwei Millionen Privatkapital vom Geschäft zurück, übergab alles seinen Söhnen und begann ein glanzvolles Leben, zu dem prunkvolle

Feste in seinem Landhaus an der Elbchaussee gehörten.

Die Söhne folgten seinem Beispiel in einem nicht unbedenklichen Maße, und so kam in Hamburg, wenn sich jemand etwas ganz Besonderes leistete oder wenn er sich einen guten Tag machte, die Redensart von »Parish spelen« oder »Pärrisch leben« auf.

Von John Parish wird auch erzählt, dass er mit geradezu kindlicher Freude an seinem Garten hing, in dem er in warmen Sommernächten gelegentlich sogar unter freiem Himmel übernachtete. Und groß war seine Freude über den Frühsalat, den ihm die neu angelegten Treibhausbeete lieferten.

John Parish war ein Lebenskünstler, der sich alltäglichen Freuden hingeben konnte. Auch das war aus Hamburger Sicht »pärrisch leben«.

Der Kontrakt

Der Hamburger Kaufmann und Bankier Johannes Janssen (1775–1819) bewohnte ein Haus in der Admiralitätstraße. Außerdem hatte er einen Landsitz an der Elbchaussee, wo er sich gern aufhielt.

Janssen war ein kunstsinniger Herr. Er hörte gern Musik und sammelte Bilder. Außerdem war er ein gerechter, gestrenger und auch gefürchteter Herr.

Vor allem verlangte er von all denen, die in seinem Hause lebten oder die für ihn arbeiteten, Gehorsam.

An einem Nachmittag beauftragte er den Kutscher, mit dem er vormittags schon unterwegs gewesen war, noch einmal anzuspannen und nach Hamburg zu fahren, um einen wichtigen Geschäftsbrief fortzubringen.

Der Kutscher meinte in aller Gemütsruhe: »Nee, Herr, in mienen Kontrakt steiht, dat ik man eenmal den'n Dag nödig harr, antospannen.«

Janssen hörte sich das an und meinte: »Es ist gut! Aber in meinem Kontrakt steht, dass Er alle Ihm aufgetragenen Aufgaben zu befolgen habe. So, und nun fahre Er nach Hamburg und liefere Er den Brief aus.«

Na ja, und einer musste eben nachgeben.

Die »Schöne Marianne«

Wir wollen uns in dieser Geschichte mit der »Schönen Marianne« beschäftigen, die das Herz so manchen Hamburgers im 19. Jahrhundert, zumindest in den Jahren bis 1831, höher schlagen ließ.

Beginnen wir aber mit Heinrich Heine, der ja nicht gerade zu den Charmeuren seiner Zeit gehörte.

Heine hat in seinen »Memoiren des Herrn von Schnabelewopski« die – aus der Sicht des Herrn von Schnabelewopski – zehn Merkwürdigkeiten der »Republik Hamburg« aufgezählt.

Doch gleich zu Beginn wollen wir darauf hinweisen, dass der Dichter, der nachts nicht schlafen konnte, wenn er an Deutschland dachte, dem Herrn von Schnabelewopski den Hinweis in die Feder diktiert hat, dass Hamburg »eine gute Stadt ist«.

Doch nun zu den Hamburger Merkwürdigkeiten, wie sie Herr Schnabelewopski durch Heinrich Heine aufgezeichnet hat:

»1. Das alte Rathaus, wo die großen Hamburger Bankiers, aus Stein gemeißelt und mit Zepter und Reichsapfel in Händen, abkonterfeit stehen.

2. Die Börse, wo sich täglich die Söhne Hammonias versammeln, wie einst die Römer auf dem Forum, und wo über ihren Häuptern eine schwarze Ehrentafel hängt mit den Namen ausgezeichneter Mitbürger.

3. Die schöne Marianne, ein außerordentlich schönes Frauenzimmer, woran der Zahn der Zeit

schon seit zwanzig Jahren kaut - nebenbei gesagt, »der Zahn der Zeit« ist eine schlechte Metapher, denn sie ist so alt, dass sie gewiss keine Zähne mehr hat, nämlich die Zeit - die schöne Marianne hat vielmehr jetzt noch alle ihre Zähne und noch immer Haare darauf, nämlich auf den Zähnen.

4. Die ehemalige Zentralkassa.
5. Altona.
6. Die Originalmanuskripte von Marrs Tragödien.
7. Der Eigentümer des Rödingschen Kabinetts.
8. Die Börsenhalle.
9. Die Bacchushalle.

Und endlich

10. Das Stadttheater.

Letzteres (und das ist immer noch wörtliche Rede!) verdient besonders gepriesen zu werden, seine Mitglieder sind lauter gute Bürger, ehrsame Hausväter, die sich nicht verstellen können, und niemanden täuschen, Männer, die das Theater zum Gotteshause machen, indem sie den Unglücklichen, der an der Menschheit verzweifelt, aufs wirksamste überzeugen, dass nicht alles in der Welt eitel Heuchelei und Verstellung ist.«

Soweit also Heinrich Heine mit seiner Klassifizierung der Hamburger Merkwürdigkeiten, wobei wir uns aber nur an die »Schöne Marianne« halten werden.

Diese Dame, die genau genommen Johanna Maria Caroline Schindler, geborene Ruaux, hieß, wurde 1802 in Altona als Tochter eines französischen Einwanderers geboren. Sie starb - um das gleich vorweg zu sagen - im Jahre 1882 in Hamburg.

Die »Schöne Marianne« führte seit 1824 das unter ihrem Namen weithin bekannte Ausflugslokal an der Emahusbleiche in Eimsbüttel und soll eine »holsteinische Schönheit« gewesen sei, wie Eduard Beurmann schrieb, der auch nicht gerade zu den besonders charmanten Schriftstellern zählte.

Doch die »Schöne Marianne« hat er mit ungewöhnlichem Wohlwollen betrachtet.

Beurmann schreibt, dass sie von großem Wuchse gewesen sei, körnig und »mit ein Paar Augen versehen, die wie der Plönersee schmachtend da lagen, von edlen langen Seidenwimpern beschattet wie jener von duftigem Grün. Aber ihre Schönheit, die eben nur durch die Augen einen poetischen Anstrich erhielt, im Übrigen zu sehr nach Fleisch und Blut aussah, war nicht die größte Merkwürdigkeit an dieser Marianne. Sie war sittig, gebildet und – sittlich.«

Ihr Haus war bis zum Jahre 1831 ein Treffpunkt vieler Hamburger, und selbst Herzog Karl von Braunschweig zog ihretwegen Eimsbüttel Hamburg vor und verweilte ganze Tage in ihrem Gasthaus, was für ihn übrigens typisch war.

Karl führte einen höchst anstößigen Lebenswandel. Er umgab sich mit unmoralischen Beamten, brach alle naselang skandalöse Streitigkeiten vom Zaun, und am Ende verlor er, nach einem Volksaufstand, seinen Thron. In die Geschichte ging Karl als Diamantenherzog ein, weil er ein reiches Vermögen besaß.

Ob die Hamburger schon damals über die entsprechende Boulevard-Presse verfügten, die ihnen bis ins Einzelne und schön ausgeschmückt über das Leben des Herzogs Karl berichtete, wollen wir mal auf sich beruhen lassen. Wahrscheinlich wussten sie so gut wie nichts über den adeligen Herrn. Doch durch ihn und andere Prominente, die bei der »Schönen Marianne« verkehrten, gab es im Hamburg einen regelrechten »Mariannenkult«.

Trotz ihrer Zurückhaltung und ihrer Bestimmtheit, mit der sie jeden zudringlichen Gast in seine Schranken verwies, wurde sie im Jahre 1831 Mutter einer Tochter, die sie Emilie nannte. Der Vater war der Hamburger Kaufmannssohn J. Jochmus. Emilie wurde später eine richtige Gräfin Bothmer.

Die »Schöne Marianne« eröffnete bald nach der Geburt ihrer Tochter ein weiteres Gasthaus. Aber ihre große Zeit schien zu Ende zu sein.

1836 heiratete sie den Leipziger Kaufmann Schindler, der Emilie adoptierte, und sich in Hamburg als Gastronom versuchte. Mit Schindler hatte sie vier weitere Kinder.

Nach zwölf Jahren ließ sie sich von ihm scheiden. Der Unglücksrabe hatte sich offenbar finanziell und geistig übernommen. Er wurde zum »Idioten« erklärt und ist bald darauf gestorben.

Die »Schöne Marianne«, die sicherlich immer noch attraktiv war, aber ihre jugendliche Schönheit verloren hatten, eröffnete mit finanzieller Unterstützung von Freunden ein kleines Hotel in der Großen Theaterstraße, das sie bis 1853 unterhielt.

Anschließend machte sie ein kleines Restaurant auf und führte im Jahre 1871 ein Gasthaus an der Fruchtallee.

Aber so schön wie bei der »schönen Marianne« zu Heines Zeiten soll es da nie wieder geworden sein

Der Jungfernstieg musste täglich bewässert werden, wenn...

Der Jungfernstieg ist auch heute noch die bekannteste Straße in Hamburg, von der sogar die Münchner wissen, wenn ihre Erinnerung an den letzten Hamburgbesuch nicht beim Reeperbahnbummel verloren gegangen ist.

Der Jungfernstieg befindet sich mitten in der Stadt. Er verläuft von dort, wo um 1235 der Mühlendamm angelegt worden war, der die Alster zu einem großen See aufstaute, bis zum Gänsemarkt.

Woher der Jungfernstieg seinen Namen hat, nun, das ist nicht schwer zu erraten. Es muss wohl ein besonderes Vergnügen des weiblichen Geschlechts gewesen sein, auf ihm entlang zu spazieren. Der Name ist jedenfalls seit dem Jahre 1684 belegt.

Einige Jahrzehnte zuvor waren eine breite, mit Bäumen bepflanzte Pflasterstraße und lange Spielbahnen angelegt worden. Die Spielbahnen waren gedacht für »Palle a maglio« – so heißt ein italienisches Schlagballspiel, das auch in Hamburg beliebt war und überschwappte nach Altona, woran noch heute der Straßenname »Palmaille« erinnert.

Im ausgehenden 18. und beginnenden 19. Jahrhundert sorgten wohlhabende und patriotisch gesonnene Hamburger Bürger dafür, dass der Jungfernstieg um das Doppelte verbreitert wurde – zur großen Freude der Hamburger, und nicht nur der Jungfern.

Es war dann ein Emigrant aus Frankreich, ein Herr de Quatrebarbe, vermutlich ein Adeliger, der auf die Idee kam, den Jungfernstieg noch attraktiver zu gestalten. Er ließ im Jahre 1799 ein kleines, »artiges« Gebäude errichten mit der Inschrift: »Alster-Pavillon«.

In diesem Pavillon konnte man Erfrischungen aller Art kaufen, besonders aber Gefrorenes.

So einfach allerdings, wie wir das jetzt so erzählen, ging es bei dem Bau und bei der Eröffnung des ersten Alster-Pavillons nicht zu.

Die Behörde machte Schwierigkeiten aller Art, und wenn Herr de Quatrebarbe nicht so hartnäckig gewesen wäre, warteten wir wohl heute noch auf diese weltberühmte Restauration, die natürlich längst aus ihren Kinderschuhen herausgewachsen ist.

Eine der Bedingungen, die Herr de Quatrebarbe vor dem Bau seiner Eisboutique hat eingehen müssen, war die tägliche Bewässerung des Jungfernstieges »zur Dämpfung des Staubes«, wenn – und darauf wurde ausdrücklich gewiesen – »die Schleppen der Damen nicht dagegen reklamieren«.

Was immer man sich darunter vorstellen mag, der Alster-Pavillon hat alle behördlichen Dummheiten überlebt. Und Heinrich Heine erzählt in seinen »Memoiren des Herrn von Schnabelewopski«:

»Da lässt sich gut sitzen, und da saß ich gut, gar manchen Sommernachmittag, und dachte, was ein junger Mensch zu denken pflegt, nämlich gar nichts, und betrachtete, was ein junger Mensch zu betrachten pflegt, nämlich die jungen Mädchen, die vorübergingen – und da flatterten sie vorüber, jene holden Wesen mit ihren geflügelten Häubchen und ihren verdeckten Körbchen, worin nichts enthalten ist – da trippelten sie dahin, die bunten Vierländerinnen, die ganz Hamburg mit Erdbeeren und eigener Milch versehen, und deren Röcke noch immer viel zu lang sind – da stolzierten die schönen Kaufmannstöchter, mit deren Liebe man auch so viel bares Geld bekommt – da hüpft eine Amme, auf den Armen ein rosiges Knäbchen, das sie beständig küsst, während sie an ihren Geliebten denkt – da wandeln Priesterinnen der schaumentstiegenen Göttin, hanseatische Vestalen, Dianen, die auf die Jagd gehen, Najaden, Dryaden, Hamadryaden und sonstige Predigerstöchter – ach! Da wandelt auch Minka und Heloisa!«

Mit einem Wort: Jungfernstieg!

Die Heines in Hamburg

Hamburg hat im Leben des Dichters Heinrich Heine (1797–1856) eine besondere Rolle gespielt. Das hing damit zusammen, dass ein Onkel Heines, der Kaufmann Salomon Heine (1767–1844), ein Hamburger war. Wenn auch nur ein zugezogener, der dem jungen Heinrich 1816 die Möglichkeit gab, in seiner Firma den Beruf des Kaufmannes zu lernen. Das hat aber – wie sich vorstellen kann, wer ihn gelesen hat – nicht viel gebracht. Er ist jedenfalls kein Kaufmann geworden.

Von 1815 bis 1831 hat sich Heinrich Heine immer wieder in Hamburg aufgehalten, unterbrochen von seinen Reisen.

Er hielt sich aber nicht nur seines Onkels wegen in Hamburg auf, obwohl er dessen Gastfreundschaft gern annahm und mit dessen Landsitz an der Elbchaussee ihn frohe und nahrhafte, aber auch trübe Erinnerungen verbanden.

Nach Hamburg zog es Heine auch wegen seines Verlegers Julius Campe (1792–1867), der 1826 die Reisebilder Heines verlegte, und in der Folge 21 Bücher des Dichters auf den Markt brachte.

Das Verhältnis zwischen Onkel und Neffen soll nicht besonders herzlich gewesen sein, obwohl sie einander respektierten und Heinrich stets ein willkommener Gast des Hauses war. Auch hat der Onkel den Neffen finanziell unterstützt.

Während eines festlichen Essens im Hause Salomon Heines fragte ein Gast den Gastgeber, indem er auf Heinrich wies: »Wer ist denn der Herr dort drüben?«

Salomon Heine, der in seinen Äußerungen sehr direkt sein konnte, antwortete: »Das ist mein Neffe Heinrich, der Dichter«, und die Hand vor den Mund legend, flüsterte er: »Die Kanaille!«

Er konnte sich mit dessen Brotlosigkeit einfach nicht anfreunden. Ansonsten war Salomon Heine in Hamburg eine einflussreiche Persönlichkeit. Er hat viel für die Stadt, aber auch für das Ansehen der Juden in der Stadt getan.

Der junge Salomon war mit seinem »Packen auf dem Rücken« nach Hamburg gekommen. Er stammte aus Hannover, wo sein Vater mit alten Kleidern gehandelt hatte, das klingt immerhin besser als »Plünnhöker«.

Er begann seine Laufbahn in Hamburg damit, dass er von Kontor zu Kontor lief und Bleistifte anbot.

Später trug er Wechsel aus und war schon im Jahre 1797 imstande, ein eigenes Wechselgeschäft zu gründen.

Und was immer er an Geschäften machte, sie gelangen ihm.

Er gründete 1797 mit M.A. Heckscher ein Bankhaus und machte sich mit Beginn des Jahres 1819 als Bankier selbstständig.

Sehr bald gewann er durch Wohltätigkeit und Redlichkeit die Achtung der Mitbürger.

In ihrem Buch »Familien-, Stadt- und Kindergeschichten« hat Maria Zacharias im 19. Jahrhundert einige Geschichten von Salomon Heine niedergeschrieben.

So machte er aus seiner Herkunft niemals ein Geheimnis. Im Gegenteil, er freute sich in seiner jovialen Weise immer wieder, daran zu erinnern – schon gar wenn er andere damit schockieren konnte.

»Wissen Sie noch, meine Liebe«, sagte er zu einer Dame in einer großen Gesellschaft, »als wir noch in der Elbstraße zusammen auf dem Beischlag saßen?« Ein Beischlag war ein kleiner Verschlag neben einem Haus.

»Ach, lieber Heine, erinnern Sie mich nicht daran«, erwiderte die also Angeredete mit melancholischem Lächeln.

Und zur Baronin von Schack, die von bäuerlicher Herkunft war, was sie gern verdrängte, sagte er auf einer seiner großen Soireen, die er in Travemünde zu geben pflegte: »Ja, ja, meine Gnädigste, was doch alles aus einem Menschen werden kann! Mein Vater handelte mit alten Kleidern, und der ihrige pflügte das Feld.«

Die als sehr hochmütig bekannte Dame wurde leichenblass, und eine beklommene Stille folgte auf diese vernehmlich gesprochenen Worte.

Als ihm die Nachricht von dem großen Hamburger Brand gemeldet wurde – er befand sich zu jener Zeit gerade auf seinem Landsitz an der Elbe – fragte er seelenruhig: »Nu, ist denn die Elbe mit abgebrannt?«

»Nein«, wurde ihm geantwortet.

Daraufhin meinte er: »Dann ist Nichts verloren!«

Er war im Übrigen der Erste, der während des Brandes sein Haus in der Stadt freiwillig zur Sprengung zur Verfügung stellte, um dadurch der Feuerwalze Nahrung zu entziehen.

Von seiner Freigebigkeit erzählte folgende Geschichte:

In Ottensen sollte ein Schulhaus gebaut werden, zu welchem Zweck eine Subskription eröffnet wurde. Die beiden Gemeindevorsteher wollten ihre Sammeltour beim Bankier Donner in Altona beginnen. Conrad Hinrich Donner war Nachbar und Hauptkonkurrent von Heine.

Donner konnte in Geldsachen sehr ungemütlich werden. Wenn es ihm nichts einbrachte, gab er sein Geld nur ungern her.

Angesichts der Liste fragte er: »Was hat Heine gezeichnet?«

Auf die Antwort, dass dem die Liste noch gar nicht präsentiert worden sei, sagte er: »Lassen Sie erst Heine zeichnen. Und was der gibt, das gebe ich auch.«

Die Gemeindevorsteher machten sich daraufhin auf den Weg zu Heine.

Salomon Heine guckte etwas irritiert und fragte: »Warum kommen Sie zu mir? Ich bin doch ein Jude. Warum gehen Sie nicht zu Donner?«

Als man ihm von Donners Äußerung erzählte, lächelte er und fragte er: »Wie viel brauchen Sie?«

Die Gemeindevorsteher antworteten: »Insgesamt 40.000 Mark.«

Heine überlegte nicht lange. Er sagte: »Ich werde 20.000 Mark zeichnen. So, und nun gehen Sie zu Donner. Danach können Sie die Liste schließen.«

Und so geschah es auch.

All too nah

Der Dichter Heinrich Heine bezeichnete Altona nicht ohne Ironie als eine der Sehenswürdigkeiten von Hamburg, damals, als sich die Stadt Altona ausgesprochen gut entwickelte und sich auf dem Wege zu einer dänischen Großstadt befand. Die Hamburger jedenfalls waren schon lange sauer auf den Nachbarn, der ihnen »all too nah« auf die Pelle rückte.

Nun gut, nicht alle Hamburger fanden das schlimm. Die Glücksritter unter ihnen zum Beispiel waren sogar zufrieden. Denn wöchentlich wurde damals, in den 1830er-Jahren, im Dänischen eine Zahlenlotterie gezogen, und zwar nur alle drei Wochen dienstags in der Hauptstadt Kopenhagen, an den übrigen Dienstagen in Altona.

Das war etwas für die Hamburger, die in großen Scharen durch die Tore drängten, um sich vor der Ziehung mit Lotterielosen zu versorgen, die ihnen von den Altonaern angeboten wurden – sozusagen auf dem Schwarzmarkt. Und da nützte es auch nichts, dass der Rat der Stadt Hamburg mit Zuchthausstrafen drohte. Die Hoffnung auf das große Geld war stärker, als die Angst vorm Einsitzen.

Altona entstand im frühen 16. Jahrhundert als winzige Fischer- und Handwerkersiedlung. Es dauerte nicht lange, da witterten die Hamburger Konkurrenz – was viele von ihnen allerdings nicht davon abhielt, Geschäfte mit den Altonaern zu treiben.

Als aber Altona im Jahre 1547 abbrannte, schlugen die Hamburger ohne rot zu werden vor, den

Ort gar nicht wieder aufzubauen. Aber sie redeten ins Leere, denn die Nachbarn hörten gar nicht hin.

Das Dorf in Holstein-Pinneberg entwickelte sich zu einem Anziehungspunkt für Glaubensflüchtlinge. In den Jahren 1611/12 entstand das Viertel der »Freiheit«, an das noch heute die Straßennamen Große Freiheit und Kleine Freiheit erinnern. In diesem Viertel galten weitgehend uneingeschränkte Glaubens- und Gewerbefreiheit. Das Gewerbe ist geblieben. Die Glaubensfreiheit allerdings auch.

Mehrfach hat Dänemark der Stadt Hamburg den Ort Altona zum Kauf angeboten. Der Rat war aus unverständlichen Gründen dagegen. Daraufhin begannen die Dänen Altona zu fördern, was den Hamburgern natürlich auch wieder nicht recht war.

Altona wurde der erste Freihafen in Nordeuropa. Die Handelshäuser der Stadt waren in ganz Europa und Übersee tätig. Die Zahl der in Altona beheimateten Schiffe übertraf schließlich sogar die der Hamburger Handelsflotte. Man muss sich das mal vorstellen: Im Jahre 1806 waren in Altona 296 Schiffe registriert, in Hamburg popelige 258.

Der Direktor des Christianeums, des Akademischen Gymnasiums, Struve, dichtete: »Möge uns Altona erhalten bleiben! / O Altona! All zu nahe dem unglücklichen Hamburg.«

Er dichtete das natürlich in lateinischer Sprache, wie es einem Direktor eines Akademischen Gymnasiums damals zukam.

Nur mit den Gasthöfen hatten die Altonaer kein Glück. Es gab um 1840 nur einen guten Gasthof, den Gasthof »Holsteinisches Haus« direkt beim

Rathaus, der dem Herrn Danker gehörte. Die Hotels an der Palmaille waren nach und nach eingegangen, und das – so meinten die Altonaer – sei die Schuld der Hamburger.

Und dann gab es den Rainvillschen Garten mit Blick auf die Elbe. Der Wirt des Gartens bot eine vortreffliche Restauration, die er sich allerdings auch kräftig bezahlen ließ. Seine Gäste waren die Reichen und Schönen – und natürlich die Hamburger, die dort häufig Diners, Soupers und Bälle gaben.

Ganz kostenlos, aber dafür auch ohne vornehmes Ambiente lässt sich heute der Elbblick nur ein paar Schritte von dem alten Rainvillschen Garten flussaufwärts genießen. Hier liegt der »Altonaer Balkon«. Die Grünanlage entstand nach dem Zweiten Weltkrieg, und der schöne Ausblick regte den Schriftsteller Hans Leip zur Bezeichnung »Kap Kiekut« an.

Im Jahre 1937 wurde Altona durch das »Groß-Hamburg-Gesetz« nach Hamburg eingemeindet.

Der überforderte Doktor

Eine junge Frau, die erst kürzlich geheiratet hatte, ließ den Hausarzt der Familie kommen. Er war ein älterer Herr mit gesundem Menschenverstand.

Die junge Frau klagte ihm ihr Leid.

Sie sagte, ihr Mann sei seit einigen Tagen auf Reisen und genau seitdem fühle sie sich gar nicht wohl. Sie sei sehr unruhig, habe keinen Appetit und könne nachts nicht schlafen.

Der alte Doktor guckte sie freundlich an und meinte: »Mien lebe Madam, da kann ik eer nich helpen. Da muut se nach'n jungen Dokter schikken.«

Was die drei Hansestädte Lübeck, Hamburg und Bremen voneinander unterscheidet

»Lübeck, Hamburg, Bremen - wer die nicht kennt, der soll sich schämen.«

Es gibt noch diverse Variationen dieses alten Hansespruchs. Gelegentlich ist Danzig dabei, Rostock, Stralsund und Wismar. Aber ohne Lübeck, Hamburg und Bremen geht es nicht. Bremen schon nicht wegen des Reimes.

Und zwischen diesen drei Städten werden auch immer wieder Vergleiche gezogen.

So hat denn auch Herr Garlieb H. Merkel (1769-1850), seines Zeichens Journalist in Berlin, über den Unterschied des gesellschaftlichen Tones in Hamburg, Bremen und Lübeck einen Artikel geschrieben.

Merkel war zu Beginn des 19. Jahrhunderts im Hamburg. Er schrieb:

»In Rücksicht des gesellschaftlichen Tons und der Sitten lassen sich diese drei Städte wie drei Stände betrachten. In Hamburg hat die so genannte feinere Gesellschaft im Allgemeinen die geschliffene Gewandtheit und die zierliche Verderbtheit, die in manchen Residenzen das Charakteristische des höfischen Adels zu sein pflegt; - in Bremen die steife Rechtlichkeit des alten Kaufmannsstandes, - in Lübeck den rücksichtslosen, lärmenden Frohsinn, der sonst das Erbteil der wohlhabenden Handwerker ist.

In Hamburg isst man viel und fein, unter politischen oder Modegesprächen, - in Bremen mäßig und westfälisch-derb und unterhält sich dabei über Stadtneuigkeiten oder Familienangelegenheiten, aber vorsichtig und züchtig, – in Lübeck meistenteils frugal, aber doch gewählt bei lautem, oft nicht sehr feinen Späßen und wieherndem Gelächter.

Will man in Hamburg das Mahl durch Musik verschönen, so ladet man Sänger und Sängerinnen dazu, die eine kunstvolle Komposition ausführen und mit ansehnlichen Geschenken belohnt werden; in Bremen tritt die junge Wirtin oder die erwachsene Tochter vom Hause mit verschämten Wangen ans Klavier; in Lübeck stimmt man einen frohen Rundgesang an, und jeder singt mit, so bass und gellend er kann.

In Hamburg sieht man auf Lübeck wie auf ein Landstädtchen herab, das man einmal besucht, wenn man sich von dem städtischen Geräuschen und Zwange erholen will.

Reist ein Lübecker hingegen nach Hamburg, so glaubt er einen Blick in die große Welt zu tun. Eine Lübecksche Kaufmannsfrau, die von einem Besuch in Hamburg zurückgekommen war, konnte gar nicht endigen, von den unerhörten, bewunderungswürdigen Dingen zu sprechen, die sie da gesehen haben wollte.«

Carl Laeisz hatte sehr modern anmutende Ansichten über Manager

Die Hamburg-Amerika Linie, die korrekt Hamburg-Amerikanische Paketfahrt-Actien-Gesellschaft hieß und allgemein als Hapag bekannt war, was im Hamburger Volksmund hieß »Haben alle Passiere auch Geld«, wurde 1847 gegründet. Die Flotte bestand aus drei Seglern. Den Vorsitz des Direktoriums, das im Übrigen ehrenamtlich tätig war, übernahm der Kaufmann Adolph Godeffroy.

Dieses Direktorium vertrat die Gesellschaft. Es ließ Schiffe bauen oder verkaufte sie und hatte die Oberleitung inne. Die Geschäftsführung lag in den Händen des »Agenten«, zu dem man P. A. Milberg bestellte, und eines Schiffsmaklers. Diese Position wurde August Bolten übertragen. Wenn man so will, hatte das Direktorium die Stellung eines heutigen Aufsichtsrates.

Am 15. Oktober 1848 lief die »Deutschland« unter Kapitän Hancker als erstes Schiff der Hapag nach New York aus, und in der Folgezeit florierte das Unternehmen. Doch - man muss das mal mit den heutigen Verhältnissen vergleichen - erst nach elf Jahren erhielt die Hapag ein eigenes Kontor.

Einer der Gründer der Hapag war Ferdinand Laeisz (1801-1887), der zusammen mit seinem Sohn Carl (1828-1901) die Reederei Laeisz, die »Flying-P-Linie«, aufbaute und betrieb.

Die Segler der »Flying-P-Linie«, deren Namen alle mit einem »P« begannen, gehörten zu den schnellsten Seglern überhaupt und wurden weltweit bestaunt.

Carl Laeisz saß also als einer der Gründer im Aufsichtsrat der Hapag, die ja, wie wir wissen, zu Beginn der 1970er-Jahre mit der großen Bremer Reederei Norddeutscher Lloyd verschmolzen wurde – was die Bremer den Hamburger heute noch übel nehmen. Doch das gehört nicht hier her, zumal die Hamburger auch nichts dafür konnten.

Beide Reedereien gehörten Anfang des 20. Jahrhunderts zu den zwei größten Reedereien der Welt. Mal war der Lloyd die Nummer Eins, mal die Hapag. Aber das ist Geschichte.

Die Geschichten aber um Carl Laeisz sind unvergessen.

Ein etwas zwiespältiges Verhältnis hatte Carl Laeisz zu den Direktoren der Hapag, den heutigen Managern.

So bekämpfte er hartnäckig den Dividendenvorschlag der Direktoren. Er meinte, man solle die erzielten Gewinne lieber in die Reserven stecken und somit zur weiteren Konsolidierung des Unternehmens verwenden.

Albert Ballin (1857–1918), damals einer der Direktoren – 1899 wurde er Generaldirektor –, ließ daraufhin ein Bild anfertigen, das Carl Laeisz zeigt, wie er einem bedauernswerten Aktionär die Dividende abschlägt. Das Bild trägt folgende Unterschrift:

»Zweck der Gesellschaft ist der Betrieb der Reederei, aber nicht die Zahlung der Dividenden.«

Carl Laeisz äußerte sich manchmal recht derb.

So wird erzählt, dass einige Direktoren der Hapag zu Verhandlungen nach New York gefahren waren. Sie hielten sich noch in Amerika auf, als unerwartet die Vereinigten Staaten von Amerika die gesamte Viehausfuhr verboten.

Die Nachricht platzte in eine Aufsichtsratssitzung der Hapag hinein.

»Um Himmelswillen, meine Herren«, rief Laeisz, »wie kriegen wir bloß unsere Direktoren wieder rüber!«

Vorauszahlung

Ein Schiffsmakler hatte Kummer mit einem Kaufmann, der die Fracht für seine Ware nicht – wie in dieser Branche üblich – im Voraus bezahlte, sondern erst hinterher und zwar nach vielen Mahnungen.

Schließlich hatte der Makler die Nase voll. Er teilte dem Kaufmann mit, dass er die Ware nicht mehr ausliefern werde, ehe die Fracht nicht bezahlt sei.

Der Kaufmann ärgerte sich darüber wahnsinnig und stellte den Makler an der Börse zur Rede.

Ein Wort gab das andere, und am Ende war der Kaufmann so zornig, dass er dem Makler an den Kopf warf: »Ich will Ihnen mal was sagen! Nur die Huren lassen sich im Voraus bezahlen.«

Daraufhin meinte der Makler gelassen: »Das finde ich sehr nett, dass Sie mir das erzählen. Als ich noch jung war, brauchte ich immer erst hinterher zu bezahlen. Aber wenn das mit den Mädchen anders geworden ist, dann sind Sie das mit dem Vorausbezahlen doch gewohnt.«

Sprachbegabt

Eines muss man den Hamburgern lassen, sie sind sehr sprachbegabt. Vor allem das Englische ist für sie'n Klacks, zumal sie sowieso halbe Engländer sind.

Einmal, im Hafen, kam so'n japanischer Dampfer mit lauter Japanern an Bord.

Das Schiff wurde von dem Schlepper an die Kaje gedrückt, und Kuddel Frerichs, der Fastmoker, wartete darauf, dass ihm von Bord die Leinen zugeworfen wurden.

Aber der offensichtlich dafür zuständige Japaner rührte sich nicht, stand an der Reling und guckte, als hätte er noch nie so'n Typen wie Kuddel Frerichs gesehen.

Kuddel löste die Sache mit der ihm eigenen Weltgewandtheit.

»Spiek you english?«, brüllte er dem Japaner zu.

Der antwortete: »Yes!«

Daraufhin forderte Kuddel Frerichs den asiatischen Seemann auf: »Denn smiet doch mol da Tau rünner.«

Und das tat der denn auch.

ꕥ ꕥ

In eine kleine Kneipe am Hafen kam ein ortsfremder Gast, den das Schicksal dort hinein verschlagen hatte, mit dem Wirt ins Gespräch.

»Sagen Sie mal«, fragte er, »wie viel Sprachen sprechen Sie eigentlich?«

»Ick?«, fragte er den Wirt. »Och, wissen Sie, deutsch is ja meine Muddersprache, und meine Großmudder sprach Mecklenburger Platt. Na ja, und so'n büschen englisch – das gehört nun mal dazu.«

Aber damit war der Gast nicht einverstanden. Er sagte: »Draußen steht aber dran, dass hier alle Sprachen gesprochen werden.«

»Ja, mien Jung«, meinte der Gastwirt gemütlich. »Ich hab Gäste aus aller Welt, und die unterhalten sich in ihrer Muttersprache. Das ist doch wohl klar, nich?«

Genau dieser Wirt war es auch, bei dem sich ein Franzose niederließ, es war ein Decksmann, wie der Wirt unschwer erkennen konnte.

Und dieser Franzose bestellte ein »bière«.

Na, der Wirt setzte ihm ein Glas Bier vor die Nase, und ehe er sich anderen Aufgaben zuwenden konnte, hatte der Decksmann das Glas geleert und bestellte ein zweites.

Der Wirt schenkte das zweite Glas ein, und danach legte der Franzose einen Geldschein auf den Tresen.

Der Gastwirt sagte: »All right«, und verstaute den Geldschein in die Kasse.

»All right?«, fragte der Franzose ungläubig, weil er den Wert der zwei Biere mit dem Geldschein verglich, für den er sich in seiner Heimat hätte voll laufen lassen können.

Der Wirt verzog keine Miene.

Er wiederholte: »All right, Sir!«

Daraufhin verließ der Franzose die Kneipe, etwas knurrend - aber was blieb ihm anderes übrig.

Ein anderer Gast, der die Szene beobachtet hatte und der den Gastwirt kannte, meinte: »Mein lieber Mann, du magst das aber tun.«

»Ja«, meinte der Wirt. »Schnack du mal französisch, dann lässt du dir das auch bezahlen. Denn, ehrlich gesagt, französisch is gaa nich so leicht.«

Unköniglich

Es war die Zeit vor dem Ersten Weltkrieg, da sich der königliche Kaufmann auch in Hamburg gelegentlich unköniglich präsentierte, wie das ja zu allen Zeiten passieren kann.

Ein Beispiel dafür schildert Askan Klée Gobert (1894–1967), der Schiffsversicherer, Schriftsteller und Kultursenator war und aus einer alten Hamburger Kaufmannsfamilie stammte, in seinen Memoiren »Zacke und Loch«:

Der Großvater, ein Handelsherr, kehrte am Ende eines Tages etwas konsterniert in sein Haus an der Elbchaussee zurück.

Als er mit seiner Familie zu Abend aß, berichtete er: »Denkt nur, was mir heute passiert ist!«

Die Familie merkte auf und wartete gebannt auf die zu erwartende Geschichte.

»Ich habe«, sagte er, »heute auf dem Rathausmarkt den Herrn H. gesehen, er rauchte eine Zigarre.«

Nun empfand das niemand bei Tisch als etwas Sensationelles. Warum sollte Herr H., dessen Namen wir aus begreiflichen Gründen verschweigen wollen, denn wir kennen ihn nicht, keine Zigarre rauchen.

Einer der Familiemitglieder fragte: »Ist denn das Zigarrerauchen auf dem Rathausmarkt neuerdings verboten?«

»Nein, nein«, beteuerte der Großvater.

»Oder darf Herr H. aus gesundheitlichen Gründen nicht rauchen?«

»Das wäre mir unbekannt«, meinte der Handelsherr. »Aber ihr solltet euch erinnern, dass Herr H. vor etwa einem Jahr Konkurs gemacht hat, und es gibt noch immer einige seiner Gläubiger, die von ihm Geld zu kriegen haben.«

Der Handelsherr brauchte eine kleine Pause, um dann fortzufahren: »Und solange man noch nicht den letzten Pfennig zurückgezahlt hat, sollte man sich als Kaufmann jeden entbehrlichen Genuss versagen.«

Navigation auf der Unterelbe

In der Seefahrt gibt es eine Kategorie von Schiffen, auf denen das Bordleben viele Annehmlichkeiten bietet. Altgediente Fahrensleute nehmen sie dennoch gar nicht ernst. Gemeint sind Kreuzfahrt- und Vergnügungsschiffe. So ein »Musikdampfer« fuhr kurz vor dem Zweiten Weltkrieg in die Elbe mit Kurs auf den Hamburger Hafen. In seiner blütenweißen Uniform stolzierte der Kapitäns auf der Brücke Hin und Her.

Der Elblotse tat seine Arbeit. Der Kapitän schaute zu.

Mit einem Male fragte er: »Was ist das für eine Boje dort?«

»Wo?«, fragte der Lotse.

»Da! Drei Strich an Steuerbord!«

Der Lotse nahm das Glas, suchte lange. Dann meinte er: »Das is'ne rote Spierentonne!«

»Na, das sehe ich selbst«, meinte der Kapitän. »Ich möchte wissen, welche Boje das ist!«

»Welche?« Der Lotse überlegte einen Augenblick. Dann meinte er: »Das weiß ich nicht. Die Bojen sind für die Fremden. Wir fahren hier so!«

Saures Bier

Der Matrose Hein war nach langer Reise, die ihn an die südamerikanische Westküste geführt hatte, wieder nach Hamburg zurück gekommen. Und es verstand sich, dass er zunächst einmal in seine Stammkneipe am Hafen ging, wo er von dem Wirt sehnlich erwartet wurde, was ihm selbst aber entfallen war.

»He, Hein«, begrüßte ihn der Wirt. »Gut, dass du mal wieder im Lande bist. Von deiner letzte Reise stehen hier noch zwanzig Bier!«

»Tschä«, meinte Hein geistesgegenwärtig. »Die lass da mal stehen, die sind man nu all sauer!«

Sprachschwierigkeiten

Das war zwischen den Kriegen, als Kapitän Karl Kröger, der bei Sloman in Hamburg fuhr, mit seinem Schiff nach Bremen beordert wurde.

Die Liegezeit musste er nutzen, um bei der Reederei im Slomanhaus vorzusprechen, und ein Besuch zu Hause in Blankenese stand ja wohl auch auf Krögers Plan.

Schlimm war eben nur, dass Kapitän Kröger nicht mit einem Schiff nach Hamburg fahren konnte, sondern mit der Bahn.

Kapitän Kröger erwischte zu seiner Erleichterung ein leeres Abteil und machte es sich so bequem wie möglich.

Unterwegs aber, in Rotenburg, stieg ein Herr hinzu, verstaute seine Koffer im Gepäcknetz und setzte sich dem Kapitän gegenüber.

Und was der insgeheim schon befürchtet hatte, trat ein. Der Fremde fing eine Unterhaltung an.

»Guten Morgen«, sagte er höflich, und nach einer Anstandpause fragte er: »Wo fahren Sie denn hin?«

Kapitän Kröger war aber fest entschlossen, sich nicht stören zu lassen. Er gab überhaupt keine Antwort.

Sein Gegenüber war etwas irritiert, was ihn aber nicht zum Schweigen brachte.

Er versuchte es noch einmal: »Hoffentlich hält das Wetter«, meinte er mit einem Blick nach draußen.

Kröger rührte sich nicht.

Das allerdings fand der Reiseonkel etwas merkwürdig. Und weil er glaubte, einen Ausländern vor sich zu haben, fing er auf Englisch an: »Do you speak english?«

Kröger saß wie ein Baum.

Der Reiseonkel gab nicht auf.

Er versuchte es auf Französisch, auf Holländisch, auf Spanisch, ja, schließlich sogar auf Polnisch.

Da guckte ihn Kapitän Kröger an und meinte grienend: »Quäl di nich af, ik bin'n Eskimo!«

Verdiente Reise

Es ergab sich, dass sich eine Unterhaltung entwikkelte zwischen einem Besucher eines angesehenen Hamburger Handelshauses und dem Prokuristen der Firma.

Dieser Prokurist, ein gesetzter Herr und seit vierzig Jahren mit der Firma verbunden, kam die Unterhaltung etwas ungelegen, weil er sie ohnehin für Zeitverschwendung hielt. Doch aus Höflichkeit konnte er sie nicht ganz vermeiden.

Man sprach über dieses und jenes, sprach über vergangene Zeiten, die eben anders gewesen seien als die heutigen - ganz anders, nicht besser, beileibe nicht, aber eben auch nicht sehr viel schlechter, wenn man das eine oder andere abzog.

Der Prokurist ließ beiläufig Kenntnisse über den asiatischen Raum durchblicken, ohne sich damit besonders brüsten zu wollen. Solche Kenntnisse gehörten zum Geschäft, und der Besucher fragte: »Sie reisen wohl viel, nich?«

»Reisen?«, fragte der Prokurist und lächelte in sich hinein. »Wissen Sie, ich bin früher wohl mal gereist und überall dort in der Welt gewesen, wo wir Kontore haben, wo unsere Handelspartner sitzen. Das genügt mir.«

»Und wohin geht die nächste Reise?«, wollte der Besucher wissen.

Der Prokurist schüttelte den Kopf und antwortete: »Ich reise nicht mehr, lieber Herr. Ich habe hier in Hamburg meine Arbeit. Die füllt mich aus. Und abends, nach Feierabend, gehe ich gern nach Hause. Nein, mein lieber Herr, jetzt sollten die jungen Leute mal reisen.« Und nach einer kleinen Pause fuhr er fort: »Sehen Sie, wir haben da den jungen Herrn Kühle. Der soll sich nun auch mal den Wind um die Nase wehen lassen. Der fliegt nächste Woche nach Hongkong. Er hat es verdient, der Herr Kühle, ein tüchtiger junger Mann. Ist im nächsten Frühjahr 25 Jahre bei uns.«

Und das sagte er so dahin, als habe Herr Kühle erst vorige Woche seine Lehrzeit beendet.

Schritt nach vorn

Als der alte Schulz aus der Großen Bleichenstraße mal so'n richtigen Schicksalsschlag hatte einstecken müssen, dass er schon dachte, nun sei er wohl restlos pleite, da wandte sich das Blatt von einem Tag zum anderen. Aus dem Missgeschick entwickelte sich Gutes, und der alte Schulz stand zu seiner eigenen Überraschung besser da als zuvor.

Er befand sich noch ganz unter dem Eindruck des Geschehens, als er einen vertrauten Geschäftsfreund traf. Und begreiflicherweise drängte es ihn, dem von der wunderbaren Fügung zu berichten.

Der hörte sich das geduldig an, nickte tiefsinnig und meinte dann: »Ja, ja, Herr Schulz, ein Tritt in'n Hintern is manchmal auch'n Schritt nach vorn.«

Die Heftklammer

Es gibt auch im 21. Jahrhundert noch altmodische Leute. Und wenn zwei von dieser Sorte aufeinander treffen, kann das für beide recht segensreich sein.

Ein junger Mann, der den Beruf des Kaufmanns gelernt hatte, stand nach seiner Lehrzeit in einem Speditionsunternehmen und nach einem Betriebswirtschaftstudium ohne Stellung auf der Straße.

Er schrieb Bewerbungen, die er alle zurückbekam, viele bekam er auch gar nicht zurück, und schließlich nahm er all seinen Mut zusammen, packte seine Zeugnisse und sein Diplom in seine braune Aktentasche und ging, ohne sich angemeldet zu haben, zu einem Reeder. Dieser hatte einige Schiffe in Fahrt, nicht viele, aber es gab, das wusste er von einem Bekannten, viel zu tun.

Er drang bis zum Vorzimmer des Chefs durch, und die Vorzimmerdame fragte ein bisschen irritiert: »Zu wem möchten Sie denn?«

Er nannte den Namen des Reeders.

Die Dame fragte: »Sind sie angemeldet?«

»Nein«, sagte er.

»Dann tut es mir leid«, sagte sie. »Unangemeldete Besucher empfängt mein Chef nicht.«

»Es handelt sich aber um eine persönliche Angelegenheit«, sagte der junge Mann.

»Um was für eine denn?«, fragte sie.

»Das kann ich Ihnen leider nicht so sagen«, antwortete der junge Mann und guckte sie treuherzig an.

Die junge Dame versuchte, sich ein Bild von dem jungen Mann zu machen, das nicht schlecht ausfiel. Daraufhin sagte sie: »Einen Moment, bitte!«

Sie ging ins Nebenzimmer, das offenbar das Chefzimmer war, kam nach einer Weile wieder heraus sagte: »Herr W. lässt bitten. Aber er hat nur zehn Minuten Zeit.«

Der junge Mann betrat das Zimmer des Reeders und kam gleich zur Sache. Er erzählte, dass er arbeitslos sei und eine Stellung suche, was, sei ihm egal.

Herr W. hörte sich das an, warf auch einen Blick in die Zeugnisse und auf das Diplom und meinte dann: »Es tut mir furchtbar leid. Ich brauche im Augenblick keine Mitarbeiter.«

Er sagte noch einiges mehr, kam auch auf die allgemeine wirtschaftliche Lage zu sprechen, und weil die zehn Minuten vorüber waren, erhob er sich und begleitete den jungen Mann zur Tür. Er reichte ihm zum Abschied die Hand und öffnete die Tür.

Der junge Mann machte einen etwas geknickten Eindruck, und während er den Rückzug antrat, sah er auf dem Fußboden des Vorzimmers eine Heftklammer liegen.

Er bückte sich automatisch, hob die Heftklammer auf und legte sie der Vorzimmerdame auf den Tisch. Danach wandte er sich zur Tür, um zu gehen.

Doch der Reeder, der den Vorgang beobachtet hatte, rief ihn zurück.

Er sagte: »Wissen Sie, das habe ich seit meiner Lehrzeit nicht mehr erlebt, dass sich jemand bückt, um eine Heftklammer aufzuheben. Der letzte, der das gemacht hat, war ich selbst. Ich glaube, wir beiden passen zusammen. Wenn Sie wollen, können Sie sofort anfangen. Arbeit gibt's bei uns immer!«

Ehrlich

Das muss so um 1975 gewesen sein.

Ein Hamburger hatte sich ein neues Auto gekauft und fuhr mit seiner Frau am Sonntag ganz glücklich spazieren.

Dabei kam er auf die Idee, einen in der Nähe von Hamburg liegenden Wildpark zu besuchen, wo die wilden Tiere frei in der Landschaft leben.

Und während sie mit ihrem Auto durch den Park schaukelten, kam ihnen ein Elefant entgegen.

Die Frau rief: »O, wie süß! Der will bestimmt ein Stück von unserem schönen Marmorkuchen haben.«

Sie drehte die Fensterscheibe runter, und der Elefant langte auch gleich mit einem Teil seines Rüssels ins Auto, was der Frau aber durchaus nicht recht war.

Sie schrie auf, drehte die Scheibe hoch, und darüber war der Elefant aus begreiflichen Gründen so verärgert, dass er ein paar Beulen in das Auto trat und mit einem Schlag seines Rüssels das Dach eindrückte.

Das wiederum ging dem Ehemann und jungen Autobesitzer derart an die Nieren, dass er am Ende der Lustfahrt durch den Park ganz schnell ein paar Schnäpse trinken musste.

Auf der Heimreise aber fiel das so merkwürdig zugerichtete Auto einer Polizeistreife auf.

Die Polizisten hielten den Wagen an und fragten: »Sagen Sie mal, was haben Sie denn mit Ihrem Auto gemacht?«

Der Mann antwortete: »Da hat ein Elefant gegen getreten!«

Daraufhin liefen die Polizisten ein bisschen rot auf, tauschten einen viel sagenden Blick aus und forderten den Mann auf: »Na, dann steigen Sie mal aus!«

Sie ließen den Mann ins Röhrchen pusten, und da war er seinen Führerschein auch noch los. Und alles nur, weil er die Wahrheit gesagt hatte.

Da waren die drei jungen Hamburger Damen sehr viel besser dran.

Die hatten auf einer Ferienfahrt durch den australischen Busch ein Känguru totgefahren und waren auf den ebenso unseligen wie blödsinnigen Einfall gekommen, dem Tier eine Strickmütze aufzusetzen und eine rote Jacke anzuziehen und sich gegenseitig mit ihm zu fotografieren.

Und denken Sie, während die Mädchen noch dabei waren, ein schönes Erinnerungsfoto nach dem anderen herzustellen, erwachte das Känguru aus seiner Ohnmacht, weil es gar nicht totgefahren worden war und verschwand mit großen Sprüngen in der Steppe, Strickmütze auf dem Kopf und bekleidet mit einer roten Jacke.

In diesem Augenblick fiel den jungen Damen ein, dass sich alle ihre Reisedokumente in der Jacke befanden.

Es blieb ihnen nichts anderes übrig, als zur deutschen Botschaft zu fahren, um den Verlust der Dokumente zu melden.

»Wo haben Sie die denn verloren?«, wollte der zuständige Beamte wissen.

Die jungen Damen antworteten: »Da ist ein Känguru mit weggelaufen!«

Der Beamte der Deutschen Botschaft wollte schon die Nervenklinik anrufen. Da aber fiel den jungen Damen ein, dass sie ja die schönen Fotos von sich und dem Känguru geknipst hatten.

Und das ist die Lehre aus diesen beiden Geschichten: Nicht jede Wahrheit eignet sich dazu, gesagt zu werden. Wer sie aber dennoch sagen will, der sollte sie fotografisch belegen können.

Elefantengeburtstag

Die Namen der Elefanten in Hagenbecks Tierpark haben sich im Laufe der Jahrzehnte geändert.

Guck mal, zu Beginn des 20. Jahrhunderts, genau am 7. Mai 1907, hatte der Fischhändler Carl Hagenbeck seinen Tierpark vor den Toren Hamburgs eröffnet, nachdem er vorher in einem großen Bottich auf St. Pauli sechs Seehunde ausgestellt hatte, was ihm nicht mehr genügte.

Er wollte nicht nur Seehunde zeigen, sondern Löwen und Tiger, Kamele, Pinguine, Meerkatzen, Kängurus und natürlich auch Elefanten.

Einer dieser ersten Elefanten zum Beispiel hieß Anton. Von ihm wird noch die Rede sein.

Zu Beginn des 21. Jahrhunderts heißen die Elefanten in Hagenbecks Tierpark nicht mehr Anton, sondern, sagen wir mal, Yashoda, Lai Sinh und Kandy.

Und als Kandy, eine noch junge Elefantendame, im Jahre 2005 ihren zweiten Geburtstag hatte, kam ihre Patentante extra aus Washington angereist, um ihr eine Torte aus Brot, Quark und Sahne zu schenken. Es war eine Torte mit zwei Kerzen darauf, für jedes Lebensalter eine.

Immerhin war die Patentante die frühere amerikanische Generalkonsulin in Hamburg, Susan Elbow.

Ihr zu Ehren pustete Kandy die beiden Kerzen aus, was mit großem Beifall belohnt wurde.

Jedenfalls stand das alles im Hamburger Abendblatt.

Es stand auch drin, dass Yashoda, die Mutter von Kandy, und ihre Tante Lai Sinh von der Torte etwas abbekommen haben.

Die Hamburger aber freuten sich über die junge Elefantendame, weil ja viele von ihnen immer schon ein besonderes Verhältnis zu den Elefanten bei Hagenbeck haben. Das honorieren die Hagenbecks damit, dass sie den Elefanten zum Jubiläum im Jahre 2007 eine neue Elefantenhalle bauen wollen.

Doch mit dem besondern Verhältnis der Hamburger zu den Elefanten in Hagenbecks Tierpark kommen wir zu Anton, der vor hundert Jahren bei Hagenbeck der Liebling des Publikums war.

Damals nämlich kam ein betuchter Hamburger Kaufmann auf die Idee, dem Zoologischen Garten in Hongkong einen Elefanten zu schenken.

Er meinte in patriotischer Gesinnung, der Elefant sollte Anton heißen, genau wie der Hamburger Anton.

Aber damit war der Direktor des Zoologischen Gartens in Hongkong gar nicht einverstanden, weil er selbst nämlich Anton hieß. Für einen zweiten Anton war eben kein Platz mehr in Hongkong.

Doch der Kaufmann wusste sich zu helfen. Er unterhielt nämlich auch noch ein Kontor im chinesischen Kanton. Und so wurde der Elefant in Hongkong kurzerhand »Kanton« genannt, was ja ’ne gewisse Ähnlichkeit mit Anton hat.

Dem Elefanten war das sowieso egal.

Und den Hamburgern auch. Sie hatten ja ihren Anton, und das war die Hauptsache.

Der erste Weg führt in den Hafen

Blohm & Voss, im Jahre 1877 auf der Elbinsel Kuhwerder gegründet, ist heute die größte der noch verbliebenen Hamburger Werften; denn die europäische Werftenkrise hatte auch Hamburg nicht verschont.

Immerhin: Blohm & Voss gibt es noch, und für viele Hamburger wäre es ein nationales Unglück, wenn sie auf das Bild der Werft verzichten müssten. Ganz abgesehen von denen, die ihr tägliches Brot auf der Werft verdienen, und die im Übrigen gern dort sind, auch wenn Werftarbeit heute noch Knochenarbeit bedeuten kann.

Die Hamburger Werftarbeiter haben das Unglück der Bremer immer noch vor Augen, die sich von ihrer »Akschen« (AG »Weser«) und vom Vulkan trennen mussten, Werften, die einmal Konkurrenten von Blohm & Voss waren, was der Freundschaft zwischen den Werften nie geschadet hat.

Doch wie gesagt, die großen Zeiten der Werften sind vorbei.

Damals, im Jahre 1938, waren mehr als 14.000 Arbeiter bei Blohm & Voss beschäftigt.

Zwölf Jahre später waren es 175 Menschen. Und kein Mensch gab noch einen Heller für die Werft.

Aber dann ging es wieder nach oben.

Aber so ganz in Sicherheit wiegen sich die Hamburger nicht.

Und typisch für die Werftarbeiter ist einer ihrer Kollegen, ein Schiffbaumeister, der bei Stülcken gelernt, sein Leben lang mit Schiffen zu tun gehabt hat, inzwischen aber längst im Ruhestand lebt.

Sooft er mal für ein paar Tage oder Wochen aus Hamburg fort war - nach der Rückkehr führt ihn sein erster Weg in den Hafen, um zu gucken, ob die Werft noch da ist!

Quellen

Adam von Bremen: Bremer und Hamburger Kirchengeschichte von 787. 1072; mit einer Einführung von Wilhelm Tacke. Bremen 1987

Beneke, Otto: Hamburgische Sagen und Geschichten, Bremen 1999.

Die Bibel - nach der Übersetzung Martin Luthers, Stuttgart 1985

Bote, Hermann: Till Eulenspiegel, herausgegeben von Siegfried H. Sichtermann, Frankfurt 1981

Brockhaus Enzyklopädie, Mannheim 1987

Brockhaus Konversations-Lexikon, Berlin und Wien, 1894–1897.

Dirksen, Victor: Ein Jahrhundert Hamburg 1800 - 1900, Leipzig 1935

Folkerts, Rudolf, und Jakob Raveling: Sagen und Vertellsels um den Störtebekerturm, Norden 1986

Gröning, Karl: Hamburgische Theater Anekdoten, Hamburg 1948

Garvens, Erwin: Der fröhliche Jungfernstieg, Köln und Berlin 1949

Hamburger Abendblatt, mehrere Ausgaben aus dem Jahre 2005

Hertz, Richard: Das Hamburger Seehandelshaus J.C. Godeffroy und Sohn, 1766–1879, Hamburg 1922

Hoffmann, Paul Th.: Die Elbchaussee, Hamburg 1982

Klessmann, Eckart: Geschichte der Stadt Hamburg, Hamburg 1981
Klessmann, Eckart: Hamburg - Ein Städte-Lesebuch, Frankfurt am Main 1991
Kobbe, Theodor von, Wilhelm Cornelius: Wanderungen an der Nord- und Ostsee, Leipzig/Hildesheim/New York 1973; Nachdruck der Ausgabe von 1841.
Kopitzsch, Franklin, und Daniel Tilgner: Hamburg-Lexikon, Hamburg 1998
Lith, Fabian, und Volker Ernsting: Rundstück, Rauchfleisch, Rote Grütze, Bremen 1983
Matz, Klaus-Jürgen: Europa-Chronik, München 1999
Meyer-Marwitz, Bernhard: So lebt - So liebt - So lacht man an Alster und Elbe. Hamburg 1956
Poeck, Wilhelm: Von Löwen, Lumpen und anständigen Leute, Hamburg 1908
Rimbert: Ansgars Leben, Darmstadt 1961
Thode, Barbara: Hamburg - Kleine Geschichte einer großen Stadt, Hamburg 1979
Tilgner, Daniel: Kleines Lexikon Hamburger Begriffe, Hamburg 2003
Wegner; Matthias: Hanseaten, Berlin 2002
Will, Carl: Hamburg - Die Innenstadt, Hamburg 1958
Witthöft, Hans Jürgen: Hapag - Hamburg-Amerika Linie, Herford 1973
Wriede, Paul: Hamburger Volkshumor, Quickborn-Bücher, 30. Band.

Hermann Gutmann in der Edition Temmen:

Bremer Bräuche
ISBN 3-86108-156-3 — 7.90 €

Bremer Freimarkt
ISBN 3-86108-170-9 — 8.90 €

Bremer Geschichte(n)
ISBN 3-86108-158-X — 8.90 €

Bremerhavener Erinnerungen
ISBN 3-86108-166-0 — 8.90 €

Bremerhavener Geschichte(n)
ISBN 3-86108-157-1 — 7.90 €

Der Ratskeller zu Bremen
ISBN 3-86108-191-1 — 12.90 €

Ehegeschichten
ISBN 3-86108-152-0 — 8.90 €

Ehegeschichten. Das Hörbuch. Kassette, 62 Minuten.
ISBN 3-86108-162-8 — 9.90 €

Felix und die alltäglichen Dinge
ISBN 3-86108-150-4 — 9.90 €

Felix, seine liebe Frau Moritz und andere Leute
ISBN 3-86108-167-9 — 8.90 €

Geschichten aus dem Radio
ISBN 3-86108-159-8 — 9.90 €

Geschichten aus dem Schnoor
ISBN 3-86108-161-X — 8.90 €

Gute Besserung
ISBN 3-86108-197-0 — 9.90 €

Hafen-Geschichte(n)
ISBN 3-86108-195-4 — 9.90 €

Hamburg schmunzelt
ISBN 3-86108-190-3 9.90 €

Hat's geschmeckt
ISBN 3-86108-153-9 8.90 €

Kohl-und Pinkelgeschichten
ISBN 3-86108-175-X 9.90 €

Mit vollem Munde spricht man nicht
ISBN 3-86108-151-2 8.90 €

Opa-Pflichten
ISBN 3-86108-155-5 8.90 €

Paß auf, daß du dich nicht bekleckerst
ISBN 3-86108-160-1 8.90 €

Roland mit de spitzen Knee
ISBN 3-86108-154-7 8.90 €

Roland und seine Brüder
ISBN 3-86108-173-3 9.90 €

Sagen und Geschichten aus Bremen
ISBN 3-86108-163-6 8.90 €

Sagen und Geschichten aus Bremen-Nord
ISBN 3-86108-164-4 8.90 €

Schmunzelgeschichten
ISBN 3-86108-165-2 8.90 €

Seemannsgeschichten
ISBN 3-86108-172-5 9.90 €

Verdener Geschichte(n)
ISBN 3-86108-196-2 8.90 €

Weihnachtsgeschichten
ISBN 3-86108-168-7 9.90 €

Wenn Ostern und Pfingsten auf einen Tag fallen
ISBN 3-86108-171-7 8.90 €

Wenn wir unsere Oma nicht hätten ...
ISBN 3-86108-193-8 8.90 €

Worpsweder Geschichte(n)
ISBN 3-86108-169-5 9.90 €

Noch mehr davon?
Bitte sehr!

Das Große Hermann Gutmann Buch – seine besten Geschichten in einem Band.
260 Seiten, mit zahlreichen farbigen Illustrationen von Peter Fischer.
Limitierte Auflage!

ISBN 3-86108-174-1
24.90 €

Das ideale Geschenk für alle Li
haber des »Bremer Kishon«!

»Hermann Gutmann ist berühmt für seine spitze Feder und seinen generationsübergreifenden Humor.«
Weser-Kurier